L'EXPÉRIENCE

DU

JEUNE AGE.

IMPRIMERIE A^{me}. BOUCHER, RUE DES BONS-ENFANTS,
N°. 34.

L'EXPÉRIENCE

DU

JEUNE AGE,

DÉDIÉE A SON ALTESSE ROYALE

MADEMOISELLE D'ARTOIS;

PAR Mme. DE COURVAL.

TOME SECOND.

A PARIS,

CHEZ ANTH^e. BOUCHER, IMPRIM.-LIBRAIRE,
RUE DES BONS-ENFANTS, N°. 34.

1823.

L'EXPÉRIENCE

DU

JEUNE AGE.

~~~~~~

LA PRINCESSE ZOÉ,

OU

L'ORGUEIL CORRIGÉ.

———⊷✿⊶———

J'ENTENDS toujours parler de l'air affable de la jeune princesse Wilhelmine, disait à madame d'Anhalt sa gouvernante, la jeune grande duchesse Augusta ; on me répète sans cesse : « Soyez donc plus affa-

ble. » Mais, je vous en prie, dites-
moi donc ce que vous entendez par
cette affabilité dont le nom seul
m'ennuie à force de l'entendre répéter. — Ah ! Princesse, répondit
madame d'Anhalt, on vous l'a ex-
pliqué tant de fois, qu'il faut que
votre mémoire ou votre volonté soit
bien en défaut pour vous faire faire
une demande semblable ; mais n'importe, puisque tout ce qu'on vous
a dit à ce sujet jusqu'à ce jour n'a
pas laissé de trace dans votre esprit,
je m'en vais vous raconter une petite
histoire arrivée à la princesse Zoé,
dans son enfance : comme elle est
aujourd'hui aussi aimable qu'elle
l'était peu alors, vous pourrez, si
vous doutez de l'exactitude de mon
récit, le lui demander à elle-même.

— Ah! Madame, interrompit la princesse, comment pouvez-vous penser qu'une idée semblable entre dans ma tête? Je sais qu'on fait quelquefois des contes aux enfans, mais lorsque vous me dites qu'une chose est vraie je ne puis plus en douter, ce ce serait manquer à l'estime que je vous dois; ne m'avez-vous pas dit que trahir la vérité était une bassesse? — Oui, Madame, et je vous le répète encore. — Je ne puis donc pas plus douter de vos paroles que vous des miennes, aimer et estimer n'est-ce pas une même chose? — Charmante enfant, reprit madame d'Anhalt en l'embrassant : un peu moins d'orgueil, et vous seriez accomplie. Écoutez donc l'histoire de la princesse Zoé, et tâchez d'en profiter.

La princesse Célestine avait deux filles, comme vous savez; l'aînée, appelée Zoé, était haute, impérieuse et vaine; elle n'était aimée de personne; ses parens même, quoiqu'ils ne vissent pas tous les défauts de leur fille, ne pouvaient disconvenir qu'elle n'était point aimable. Chacun près de cette enfant remplissait son devoir pour obéir à sa conscience, qui exige que l'on s'acquitte exactement des obligations qu'on s'est imposées, mais l'affection n'entrait pour rien dans les soins qu'on prenait d'elle.

La seconde, nommée Sophie, plus jeune que sa sœur de deux années, était douce, bonne, et si affable avec

tout le monde, qu'il était impossible
de ne pas la chérir : aussi était-elle
toujours gaie et satisfaite, tandis que
sa sœur, bouffie d'orgueil, était sans
cesse irritée, mécontente et malhéu-
reuse.

Un jour que les deux sœurs étaient
à se promener avec leur gouvernante dans un très beau parc, elles
rencontrèrent un homme vêtu assez
simplement, mais dont l'extérieur
annonçait cependant quelqu'un de
bien né ; il les salua d'un air respec-
tueux. Zoé le regarda sans daigner
lui faire la plus légère inclination.
Sophie au contraire lui rendit son
salut avec ce sourire affable qui em-
bellirait la laideur même, et ajoute
tant de charme à une jolie figure.
Madame de Tolna, leur gouver-

nante, reprocha à l'aînée d'avoir manqué de politesse envers cet inconnu; « Si c'est un homme ordinaire, lui dit-elle, vous avez eu tort; ce qu'il y a de plus flatteur dans la vie, c'est d'être aimé; et si les princes le sont plus que les simples particuliers, c'est que les choses les plus légères de leur part, suffisent pour leur acquérir l'affection. Un air gracieux et bienveillant prévient en leur faveur. Si vous eussiez salué cet homme, il eût été disposé à bien penser de vous, tandis qu'en ce moment il vous juge peut-être très défavorablement. — Et que m'importe, interrompit la princesse d'un air dédaigneux, qu'un homme comme cela me juge d'une manière ou d'une autre? — Vous ne m'avez pas laissé achever; mais d'a-

bord vous avez tort; il importe beau-
boup à tout le monde de donner
bonne opinion de soi, et c'est infiniment plus essentiel à une princesse
qu'à tout autre; ensuite on ne sait
pas toujours quelles sont les personnes que l'on rencontre, et il
arrive quelquefois que l'on regrette
de n'avoir pas été polie. » La princesse secoua la tête d'un air d'in-
crédulité, et madame de Tolna se
tut, parce que l'orgueil de Zoé eût
rendu inutiles de plus longues observations, et que l'on n'aime pas à
perdre ses paroles. Le parc où se
promenaient les princesses était fer-
mé et réservé particulièrement pour
leur faire prendre de l'exercice à
pied; il y avait déjà assez long-temps
qu'elles couraient et s'amusaient,

lorsque des cris se firent entendre
dans le taillis, tout près d'elles, et
qu'elles aperçurent un chien qui paraissait furieux et poursuivi, dirigeant
sa course de leur côté. Madame de
Tolna veut fuir et entraîner ses jeunes élèves, mais leurs petites jambes
ne peuvent faire de grands pas; elle
les prend chacune sous un bras pour
accélérer sa marche en appelant à
son secours les valets de pied qui
suivaient à quelque distance. Mais
les cris de ceux qui poursuivent l'a-
nimal écumant de rage couvrent sa
voix; il n'est plus qu'à quelques pas,
il va les atteindre, lorsque le même
inconnu que l'on avait rencontré
quelques minutes avant, se jette au-
devant de la bête furieuse, lui as-
sène sur la tête d'une main ferme

un coup de bâton qui le fait chan-
celer, et lui plonge dans le cou une
dague que sa canne renfermait et
qu'il avait eu la précaution d'en
retirer avant de se précipiter sur le
chien ; ensuite il essuya ses mains
avec attention, de peur que quelqu'éclaboussure de la bave du chien
ne l'eût touché, il s'avança vers madame de Tolna qui s'était toujours
éloignée autant que ses forces le lui
avaient permis, et la pria de lui permettre de porter la petite princesse
(en désignant Sophie), jusqu'à ce
qu'elle fût remise de l'effroi qu'elle
avait eu: « Il n'y a plus de danger
» maintenant, ajouta-t-il, car l'ani-
» mal est tué: peut-être il n'était
» pas enragé, mais il vaut mieux sa-
» crifier une bête à la sûreté publi-

» que que d'exposer seulement à
» la crainte du danger une infinité
» de personnes à qui cette impres-
» sion seule peut être funeste. »
Madame de Tolna le remercia poliment, mais au lieu d'accepter ses
offres elle s'arrêta pour donner le
temps aux gens de la suite de la re-
joindre, et assit ses jeunes élèves
près d'elle sur le gazon. L'inconnu
s'informa avec intérêt de l'état de
la princesse (Sophie) et de celui de
madame de Tolna, affectant de ne
pas parler de Zoé. Dès que la suite
parut, l'inconnu qui était resté près
d'elles comme pour leur servir de
défense en cas d'un nouveau danger,
salua avec dignité et s'éloigna. Madame de Tolna et la jeune Sophie
lui firent une inclination gracieuse

en lui adressant encore des remer-
cimens aimables; il y répondit par
un second salut, et s'enfonçant dans
le taillis, il disparut. Madame de
Tolna qui avait été excessivement
effrayée par la crainte qu'il n'arrivât
quelque chose aux princesses, ne
pouvant plus soutenir la marche,
demanda la voiture pour achever
la promenade. Zoé ne dit mot pendant tout ce temps, mais son amour-
propre blessé gonflait son petit cœur
de dépit; enfin lorsqu'on fut monté
en voiture, n'y pouvant plus tenir,
elle dit avec ce ton qui décèle le
ressentiment : « Je voudrais bien savoir qui est cet homme!... — Pourquoi, Madame, répondit madame
de Tolna, est-ce pour le récompenser du service qu'il vous a rendu en

arrêtant le chien enragé ? Les manières de cet inconnu disent qu'il est
au-dessus de toutes récompenses
pécuniaires, et... — Et d'ailleurs,
interrompit Zoé, comme ce n'est
certainement pas pour moi qu'il
s'est exposé au danger, je ne lui en
ai nulle obligation. — Il se pourrait bien en effet que ce ne fût
pas pour vous, mais comme vous
avez profité de son généreux dévouement, je ne vois pas pourquoi vous
vous croiriez dispensée de lui en
avoir obligation. — Mais il a bien
cherché à faire sentir qu'il n'avait
eu en vue que Sophie. — Je vous
arrête ici, Princesse, pour suivre votre propre pensée, vous croyez (et
peut-être avec raison) que cet inconnu ne s'est exposé que pour votre

sœur, et qu'il n'en eût pas fait autant pour vous : pourquoi donc cela,
je vous prie ? Il ne vous avait jamais
vues ni l'une ni l'autre avant notre
rencontre de ce matin; si la princesse Sophie lui a inspiré assez d'intérêt pour lui faire risquer sa vie
pour sauver la sienne, à quoi cela
a-t-il tenu ? A rien, ou presque rien,
me direz-vous, à un salut. Oui, sans
doute. Cependant c'est particulièrement à l'air affable qui a accompagné cette action et l'a rendue obligeante, qu'il faut attribuer l'impression qu'elle a produite; mais, en ré-
sumé, quelle conclusion pouvous-
nous tirer de tout cela, Princesse?
Je crois qu'il ne peut y avoir de meilleure preuve de ce que je vous disais
ce matin : « qu'il n'est pas du tout in-

différent de mettre dans ses manières
assez de bienveillance pour donner
de soi une idée favorable, puisque,
vous le dites vous-même, pour avoir
manqué de politesse envers cet inconnu, vous risquiez qu'il ne fît pas
pour vous l'action généreuse qu'il a
faite pour votre sœur. Zoé ne répondit pas, car le raisonnement était
sans réplique; mais elle conserva
de l'humeur tout le tems que dura la
promenade.

Sophie souffrait de voir sa sœur
contrariée, et chercha tous les moyens
possibles de la distraire, mais ce fut
inutilement.

Zoé commençait à oublier ce petit événement, lorsque l'arrivée d'un
prince étranger, oncle de la princesse
sa mère, fut annoncée. Le prince

devant venir le lendemain chez sa
nièce, les jeunes princesses furent
conduites chez leur mère pour être
présentées à leur grand oncle, qu'elles
n'avaient jamais vu. Que l'on se figure, s'il est possible, quels furent
l'étonnement et la confusion de Zoé,
au moment où le prince, revêtu d'un
costume brillant, entouré de ses
principaux officiers, entra dans le
salon, et montra, à ses regards sur-
pris!.... l'inconnu du parc!!!

Qui pourrait peindre l'embarras
de la pauvre Zoé à cette vue!!! mais
il devint plus pénible encore lorsque
le prince, après les premiers com-
plimens, se tournant vers Sophie, lui
présenta un petit chien en émail portant dans sa gueule un bâton chargé
de jolis bijoux, en lui disant: « Je dé-

sire, ma chère nièce, que ce petit jou-
jou vous rappelle que je vous aimai
dès le moment où je vous aperçus.
— Comment, Prince, interrompit la
princesse Célestine (qui savait fort
bien toute l'histoire, mais voulait
faire semblant de l'ignorer, puisque
sa fille ne lui en avait pas parlé),
comment vous aviez déjà vu mes
enfans!!! — J'ai rencontré la jeune
princesse dans le parc le jour même
de mon arrivée. — Mais elles étaient
deux? — J'ai effectivement vu deux
jeunes personnes, mais je n'avais reconnu qu'une princesse!..... Je n'a-
vais retrouvé vos traits, votre aimable sourire qu'en celle-ci; ils m'a-
vaient révélé qu'elle était votre fille.
— Alors, permettez-moi de vous présenter Zoé, sa sœur aînée. Il fallut

bien que Zoé s'avançât pour saluer
son oncle; elle était rouge de honte
et de colère, et tenait ses yeux bais-
sés. Le prince qui voulait la corriger,
se baissa vers elle comme pour l'em-
brasser, et lui dit tout bas: « Au-
» jourd'hui, ma chère, vous pouvez
» me saluer sans crainte, j'ai mon
» bel habit; regardez plutôt!...... »
La malheureuse petite princesse aurait voulu être dans sa chambre pour
se livrer à tout son ressentiment ;
mais il n'y avait pas moyen de quitter le cercle, il fallait rester et faire
bonne contenance afin que toutes les
personnes qui pouvaient voir ce qui
se passait, mais non entendre, ne
pussent deviner que ce qu'on lui disait ne lui était pas agréable ; cependant le prince qui voulait donner une

leçon utile à cette enfant, dont l'orgueil lui avait paru si révoltant, se
rapprocha des personnes qui l'avaient
accompagné, et demanda à l'une
d'elles une petite boîte dont il l'avait
chargée; on la lui remit et il l'offrit
à Zoé, en lui disant : « Puisque j'ai deux
nièces au lieu d'une, il est juste de
partager entre elles ces souvenirs.
Zoé reçut la boîte, qui s'ouvrit par
un ressort aussitôt qu'elle l'eut touchée, et découvrit un paon superbe
étalant sa queue brillante de pierre-
ries, imitant parfaitement le plumage
de l'orgueilleux oiseau. A côté de lui
il y avait une blanche colombe; au
bas était écrit en pointes de diamans:
« Sa douce simplicité est bien préfé-
» rable à l'éclat qui te rend si vain. »
Ce bijou était magnifique, et la de-

vise n'offrait un sens piquant que
pour les seules personnes qui connaissaient les circonstances de la
rencontre du prince et de ses petites
nièces. La princesse Célestine eut
l'air de n'y pas faire attention, non
plus qu'à tout ce qui avait précédé,
se réservant d'interroger sa fille après
le départ du prince.

La conversation s'établit entre la
princesse Célestine et son oncle sur
tout ce qui les intéressait, le temps
s'écoula rapidement dans cette douce
occupation; la princesse, aimante et
sensible, s'informait de chacune des
personnes de sa famille, ensuite de
celles qu'elle avait affectionnées: les
souvenirs de la patrie sont si chers!...
si précieux quand on en est si éloigné!.... Ah! ce n'est que lorsqu'on

a langui sous un ciel étranger que l'on peut comprendre le bonheur qu'on éprouve à retrouver, à cinq ou six cents lieues des siens, un parent, un ami, même un indifférent pourvu qu'il soit compatriote; en l'entretenant de ceux qu'on a connus ou aimés ensemble, des lieux qu'on a habités, de cette patrie commune que l'on ne peut cesser de chérir, bientôt il devient un frère.

La princesse éprouvait ce charme inconnu à ceux qui n'ont jamais quitté leur pays, et ne s'apercevait pas de la fuite des heures; mais le prince qui avait encore des visites à faire, prit congé en promettant à sa nièce de la revoir bientôt.

Dès que la princesse se trouva seule avec ses filles et madame de

Tolna, elle demanda comment elles
avaient vu le prince et ce qui était
arrivé dans cette rencontre. D'après
tout ce qu'a dit votre oncle, ma chère
Zoé, je soupçonne que vous devez
avoir eu quelque tort dans cette circonstance, c'est donc de vous-même
que je veux apprendre tous ces détails. Il fallut obéir, et Zoé, qui, malgré son orgueil n'avait pas la bassesse d'altérer la vérité, raconta avec
confusion, mais sincérité, tout ce qui
s'était passé. Sa mère l'écouta en silence; malgré ses fréquentes hésita-
tions personne ne l'aida dans les en-
droits où elle semblait embarrassée,
elle dût dire les choses telles qu'elles
étaient; et comme elle avait de l'esprit et du jugement, elle fut obligée,
par la droiture de son caractère, de

s'accuser elle-même d'avoir manqué
aux formes de politesse que l'usage
impose en général à chacun dans
la société, et dont le rang et l'éducation font une obligation particulière
aux princes. Lorsqu'elle eut fini son
récit, sa mère qui voyait combien il
lui avait coûté, se contenta de lui
dire : « Je n'ajouterai rien, ma chère
enfant, aux reproches que doit vous
faire votre conscience ; d'ailleurs
votre orgueil a dû être assez puni en
reconnaissant dans celui à qui vous
aviez témoigné du dédain, une personne à laquelle vous deviez du respect et des égards; mais je vous fais
observer qu'il est cruel d'abuser des
dons que Dieu vous a répartis, pour
blesser ceux qui vous sont inférieurs
eu naissance et en fortune ; si vous

êtes plus favorisée qu'eux par la Providence, c'est à vous à leur faire bénir le choix qu'elle a fait de votre personne en vous montrant sensible à leurs maux ; en leur donnant, par votre affabilité, l'espérance que vous êtes disposée à les soulager si cela est en votre pouvoir; en un mot, ma fille, la dureté, l'orgueil des personnes élevées par leur naissance, leur rang, ou leur fortune, produisent dans les malheureux le murmure et quelquefois la haine, qui peut devenir funeste à ceux qui l'inspirent; sans doute ces sentimens sont coupables, mais il faut éviter de les faire naître, et Dieu ne punira pas moins le grand, le riche orgueilleux et insensible, que le pauvre envieux et vindicatif qui aurait osé murmurer contre la

volonté du Tout-Puissant, qui, selon
les paroles du prophète, envoie quelquefois aux peuples, dans sa colère,
des princes qui ne sont que les mi-
nistres de ses vengeances et la verge
dont il se sert pour les châtier de
leurs crimes : mais malheur à ceux
que le ciel a chargés de cet anathême,
et puisse sa bonté vous préserver d'ê-
tre jamais de ce nombre!

La jeune princesse, pénétrée de
la justesse des paroles de sa mère,
les grava dans son cœur, et travailla
avec courage à vaincre son orgueil;
elle plaça le bijou que son oncle lui
avait donné dans le lieu le plus ap-
parent du salon d'étude où elles se
tenaient le plus habituellement, le
fit couvrir d'un globe de verre pour
le préserver des accidens, et pria sa

sœur et madame de Tolna de l'avertir de regarder de ce côté dès qu'elles
s'apercevraient qu'elle manquerait
d'égard ou de politesse envers quelqu'un ; on le lui promit, et elle fit
une telle attention aux avis qu'on
lui donna, mit une telle suite dans
les efforts qu'elle fit pour se corriger
de ce vilain défaut, qu'elle y réussit,
et devint aussi douce, aussi affable,
qu'elle avait été haute et dédai-
gneuse ; on l'aima autant que sa charmante sœur, et toutes deux bénirent
la rencontre de l'oncle inconnu qui
avait opéré une si heureuse révolu-
tion dans le caractère de l'impérieuse
Zoé, qui, dès ce moment, cessa de
l'être, et fit le bonheur de tous ceux
qui s'intéressaient à elle. Elle eut le
plaisir de s'entendre louer avec jus-

tice, parce qu'elle devint réellement
bienfaisante et sensible ; elle parut
bien plus grande, bien plus noble
depuis que l'orgueil ne la rapetissait
plus aux yeux de tous, et plus elle
paraissait oublier le rang élevé qu'elle
occupait pour écouter avec bonté
ceux qui s'adressaient à elle , plus
on aimait à reconnaître sa con-
descendance et à exalter son affabilité.

« A présent, Princesse , ajouta
madame d'Anhalt, comprenez-vous
ce que c'est que l'affabilité ? — Oui,
à-peu-près ; c'est de répondre gra-
cieusement à ceux qui vous saluent
ou s'adressent à vous ; d'être douce,
bonne , obligeante avec ceux qui
vous demandent quelque chose. —
Avec tout le monde, Princesse ; avec

vos femmes, avec vos maîtres, avec
tout ce qui vous entoure, tout ce qui
a quelque rapport avec vous ; c'est
le moyen d'être aimée, respectée et
regardée comme un véritable présent
du ciel, un ange sur la terre. » La
jeune princesse promit de s'attacher
à acquérir ces précieuses qualités,
et sûrement tint parole, car on peut
tout ce qu'on veut fortement, et elle
avait trop d'esprit pour ne pas sentir
qu'il est plus doux, plus honorable
d'être aimée pour soi-même, que de
n'être louée et recherchée que par la
considération qu'inspire le rang, ou
l'envie d'obtenir quelque bienfait.
Elle en éprouva encore plus fortement le désir quelques jours après,
en lisant avec sa gouvernante des
traits particuliers de l'histoire de

Louis XV : on en rapportait un qui caractérisait d'une manière singulière l'amour excessif que l'extrême affabilité de ce prince avait inspiré aux Français ; il avait pour titre :

Trait d'amour d'un Enfant pour Louis-le-Bien-Aimé (1).

La fille d'un riche bourgeois de Paris avait été élevée, par ses parens, dans ce tendre respect que nos pères avaient pour leurs Rois, et qui, depuis tant de siècles, a fait le caractère distinctif de la nation française. Au moment où les jours de Louis XV furent menacés pendant la maladie dont ce Roi fut attaqué à Metz, au

(1) Historique.

milieu des plus grands succès, et lorsque, couvert des lauriers de Fontenoy, la mort leva sur sa tête auguste sa faux redoutable, la France se couvrit d'un deuil universel, les églises retentirent des vœux les plus ardens. L'enfant dont il est question vit verser des larmes amères à ses parens, et sans savoir combien la perte d'un bon Roi est fâcheuse pour son peuple, elle mêla ses pleurs à ceux des auteurs de ses jours. Enfin le ciel fut touché des vœux des Français : il leur rendit leur prince chéri.

Un courrier apporta la nouvelle que Louis était en parfaite convalescence. Plus d'une lieue avant qu'il arrivât dans la capitale, presque toute la population se porta au-devant de

2...

ce courrier, et, par un mouvement
spontané, on lui offrit non-seulement des rafraîchissemens, mais des
fleurs, de l'argent, des bijoux, et
son entrée dans Paris avait l'air d'un
triomphe. La petite fille avait été me-
née sur les boulevards par sa bonne,
et voyant combien on fêtait le courrier qui dissipait les vives alarmes
que la santé du Roi avait causées,
elle s'échappe des mains de celle à
qui elle était confiée, et, se mêlant
dans la foule, approche presque sous
les pas du cheval, et dit au courrier :
« Tout le monde vous fait des présens pour vous remercier des bonnes
nouvelles que vous apportez ; moi,
je n'ai que des bonbons, je vous les
donne. » A ce mot naïf et si flatteur
pour celui qui en était l'objet, un-

chevalier de Saint-Louis qui se trouvait là, prit l'enfant dans ses bras, et
la reporta à sa bonne en lui disant :
« Je vous la rends ; mais assurez ses
parens que le Roi saura quels sont
les sentimens qu'ils inspirent à leurs
enfans ; sentimens qui les honorent,
comme leur sincérité prouve que le
monarque les mérite. »

. Quel prince ne voudrait être aimé
ainsi ! Le secret pour inspirer cet
amour est bien facile ; il consiste
seulement à aimer ceux dont la destinée repose sur l'intérêt qu'on leur
porte, à leur montrer par l'affabilité
des manières le désir d'en être aimé
et de les rendre heureux.

Après avoir lu ce trait, la jeune
princesse fit plusieurs questions sur
la France ; et comme on lui cita en-

core plusieurs autres exemples de
l'amour des Français pour leurs
princes, et aussi de l'amour paternel
des Rois pour le peuple, elle témoigna un vif désir de connaître ce pays.
« Apprenez donc à être bien affable,
lui répondit sa gouvernante ; car
c'est le peuple qui a la réputation
d'être le plus poli de l'Europe, et
celui qui met le plus de prix à la
douce amabilité, aux grâces, à la
sensibilité qui doivent distinguer une
personne de votre sexe, et surtout
de votre rang.

FÉLICITÉ,

ou

LA TENDRESSE FILIALE.

M. de Rosemont était brouillé avec
le marquis de Saint-Théodore, son
frère aîné, à cause de son mariage
avec mademoiselle de Saint-Sevrin,
qui ne lui avait apporté pour dot que
des vertus. M. de Rosemont avait
préféré l'angélique piété de cette
jeune personne simple et modeste,
aux brillans attraits d'une riche héritière que lui proposait le mar-

quis, et que déjà, sans le consulter, il avait demandée en mariage pour lui.

Le marquis, furieux du refus que fit son frère de souscrire aux engagemens qu'il avait pris en son nom, épousa la demoiselle, et rompit toutes relations avec M. de Rosemont.

Bientôt la différence de leurs fortunes les lançant dans des sociétés qui n'avaient entre elles aucuns rapports, ils se perdirent entièrement de vue, et devinrent tout-à-fait étrangers l'un à l'autre.

M. de Rosemont, à l'époque de son mariage, vendit toutes ses terres, afin d'augmenter ses revenus, en plaçant ses capitaux d'une manière plus lucrative, et qui cependant paraissait sûre. Il vécut dans une union parfaite avec la compagne de son choix, en eut deux enfans qui ajoutèrent encore au bonheur dont ils jouissaient, et les plus tendres soins pour ces intéressantes créatures devinrent l'occupation constante des deux époux pendant les six premières années de cette union fortunée.

Mais comme un bonheur permanent n'est pas dans la destinée de l'homme, celui de M. de Rosemont fut troublé par la crainte de perdre la vue. Jeune encore, il lui semblait cruel d'être menacé d'une infirmité si affligeante; il eut recours aux plus savans oculistes; mais, malgré tous leurs soins, malgré les remèdes les plus douloureux, les plus chers, après des souffrances aiguës, il finit par devenir entièrement aveugle. Sa

femme alors redoubla d'empressement et de tendresse; elle se multi-
pliait, pour ainsi dire, afin d'être
sans cesse près de lui; elle trouvait
le moyen de le distraire, de l'occuper même, de manière à ce qu'il ne
pût connaître l'ennui. Ce n'était que
pendant le sommeil de son mari que
cette femme incomparable s'occupait de sa maison, donnait ses ordres
et surveillait l'éducation de ses enfans : la première partie de ce travail
se faisait le soir, après le coucher de
M. de Rosemont ; la seconde, le matin, depuis six heures jusqu'à dix,
qu'il se levait pour déjeûner.

Deux années se passèrent ainsi ;
pendant lesquelles, si M. de Rosemont n'eût pas été privé du plaisir de
contempler les traits de ses enfans !

chéris, il eût pu oublier qu'il était
aveugle, tant madame de Rosemont
avait su réussir à lui créer pour ainsi
dire une existence qui ne lui laissait
pas le temps de s'apercevoir de ce
qui lui manquait: Mais de nouveaux
malheurs vinrent ajouter aux peines
de madame de Rosemont, sans rien
changer au sort de son mari, à qui
elle les cacha soigneusement.

Le feu prit à un hôtel magnifique
que M. de Rosemont avait acheté, et
dont le loyer (très considérable)
faisait une partie de leurs revenus;
malgré les prompts secours qui furent portés à l'incendie, l'hôtel fut entièrement consumé; et bientôt après,
comme si Dieu eût voulu éprouver
cette famille, et développer dans les
enfans toutes les vertus que l'exemple

de leur mère devait faire naître, le
banquier chez lequel M. de Rosemont
avait placé la seconde partie de sa
fortune, fit des pertes énormes, fut
ruiné, et entraîna dans sa chute le
reste de ce que possédait M. de Rosemont.

Qui croirait qu'en ce moment l'infirmité de son mari causa un mouvement de joie à madame de Rosemont?
« Ah ! du moins, se dit-elle, il pourra
ignorer notre position ; il n'en souf-
frira pas, il ne s'apercevra de rien :
je renverrai tous les domestiques, à
l'exception de son valet-de-chambre
qui seul le sert ; je vendrai tout le
mobilier, excepté ce qui est à son
usage ; mes bijoux, dentelles, etc. ;
et avec cela il aura toujours les choses
qu'il préfère, il ne manquera de rien ;

on pourra lui faire, sans qu'il s'en
doute, un dîner délicat pour lui seul ;
avec de l'économie et un travail as-
sidu, je parviendrai à lui conserver
toutes ses habitudes, et il sera toujours aussi riche, malgré nos pertes. »
Ce fut ainsi qu'au sein de l'infortune,
cette femme vertueuse sut trouver
des consolations, et même des motifs
de reconnaissance envers Dieu !

Félicité, sa fille aînée, qui avait
alors dix ans, était déjà en état d'entendre sa mère, de partager ses soins
pour M. de Rosemont, et d'entrer
dans toutes ses vues pour le bonheur
de cet être chéri ; sa raison était fort
avancée pour son âge ; son bon cœur,
son admiration pour sa mère, sa tendresse pour ses parens, en firent, à
dix ans, une jeune personne accom-

plie. Madame de Rosemont jouissait
de voir sa fille aussi parfaite, et sa
gratitude pour ce bienfait de la Providence était d'autant plus vive,
qu'elle sentait chaque jour ses forces
décliner, et que tout lui faisait pres-
sentir une fin prochaine. En effet, les
peines successives qu'elle avait éprou-
vées, et les efforts qu'elle avait été
obligée de faire pour en dérober la
connaissance à son mari, un travail
auquel elle consacrait une partie des
nuits, et les privations qu'elle s'imposait pour fournir à M. de Rosemont le superflu auquel il était ac-
coutumé, avaient miné sa santé et
consumé sa vie: elle en voyait approcher le terme avec effroi à cause de
son mari et de ses enfans; mais la
raison et l'intelligence de Félicité lui

donnaient l'espérance qu'elle serait
la consolation de son père et le sou-
tien de sa famille ; elle parlait souvent
à sa fille du moment où elle resterait
seule à M. de Rosemont ; et Félicité,
effrayée, serrait sa mère entre ses
bras, comme si elle eût pu, en la
couvrant de son corps, la préserver
du coup qui la menaçait.

M. de Rosemont ne se doutait nul-
lement de l'état de sa femme, et était
bien loin de prévoir le malheur qui
allait le frapper. Hélas ! personne ne
le croyait si prochain ! Madame de
Rosemont elle-même, en embrassant
tendrement ses filles au moment de
se coucher, ne s'imaginait pas que
ce baiser fût le dernier qu'elle don-
nerait à ses aimables enfans. Quoiqu'elle fût extrêmement faible, com-

me elle avait de la fièvre, elle se sou-
tenait toujours; mais, pendant la
nuit, il lui prit une défaillance qui
fut suivie de plusieurs autres, et vers
le matin elle expira entre les bras de
la seule femme qu'elle eût gardée,
et à qui elle avait défendu d'appeler
personne, afin qu'on pût cacher à
M. de Rosemont l'état où elle se
trouvait, au moins pendant quelque
temps; ce qu'on n'eût pu faire si les
cris de ses enfans l'eussent averti de
son danger.

A peine cette vertueuse femme
eût-elle exhalé son dernier soupir,
que la bonne Christine entra doucement chez les enfans, et déposa sur
leurs fronts le baiser que leur mère
n'avait pu leur donner, et les bénédictions que du haut du ciel cet ange

se plaisait sans doute à renouveler, et dont elle l'avait rendue déposi- taire : une larme qui s'échappa des yeux de la respectable Christine en remplissant le dernier vœu de sa maîtresse, éveilla Félicité; en voyant sa bonne en cet état, elle pressentit que sa mère était en danger, et se jeta à bas de son lit pour voler à elle.

« Silence, lui dit Christine en la retenant, votre père pourrait vous entendre et s'effrayer. Calmez-vous et écoutez-moi : c'est la volonté de votre mère. Rassemblez votre cou- rage, mon enfant; surtout renfermez votre douleur : point de cris; ils se- raient inutiles, et plongeraient votre père infortuné dans un désespoir qui serait l'arrêt de sa mort. Pleurez,

ma chère Félicité, mais imitez votre
mère, pleurez en silence. C'est à votre
tendresse qu'elle a légué votre père.
— Ciel ! s'écria la malheureuse enfant en tombant à genoux, que dites-
vous ? — Que c'est du ciel d'où votre
mère vous regarde, que vous devez
attendre la force et le courage qui
vous sont nécessaires pour remplir
la tâche honorable, mais difficile,
dont elle vous a chargée ; accablée
de souffrances, cet ange ne s'est pas
senti assez de forces pour supporter
la douleur de celui qu'elle chérissait
plus que la vie ; elle lui a caché sa
maladie, son dépérissement, il faut
lui cacher le trop juste sujet de vos
larmes ; pour cela, il ne faut en ré-
pandre que lorsque nous serons seules. — O mon Dieu ! ayez pitié de moi,

dit tout bas Félicité, en élevant vers
le ciel ses mains suppliantes; faites
que je puisse exécuter tout ce que
ma mère a ordonné; donnez-moi le
pouvoir de commander à mon affliction!...... Ma mère, ma tendre mère,
ayez pitié de votre enfant! » Un dé-
luge de larmes vint soulager la pauvre
Félicité, et l'empêcher d'être suffo-
quée par la douleur.

Christine la laissa pendant quelque
temps s'y livrer en liberté; puis elle
la rappela doucement à l'idée qu'elle
devait chercher à s'en rendre maîtresse, afin de pouvoir préparer peu
à peu M. de Rosemont au terrible
malheur dont il n'avait pas la plus
petite idée.

Célestine proposa à Félicité d'en-
voyer sa jeune sœur, la petite Fé-

dora, chez madame la marquise de
Rivière, amie de la maison, en l'ins-
truisant de la perte que l'on venait
de faire, et de dire à M. de Rosemont que sa femme était allée chez
cette même dame avec Fédora. Pendant ce temps Félicité remplacerait,
près de son père, celle qui ne devait plus s'y trouver que dans l'éter-
nité; on prolongerait ensuite l'idée
de son absence en supposant que madame de Rivière l'aurait emmenée à
la campagne. M. de Rosemont pendant ce temps s'accoutumerait insen-
siblement aux soins de sa fille; et en
supposant ensuite une maladie, on
parviendrait à pouvoir lui apprendre,
avec moins de danger, ce qu'on ne
pouvait pas lui cacher toujours : tel
fut le plan que Christine avait imaginé

et qui fut suivi sans objections et sans
difficultés, car les visites d'amis n'é-
taient ni nombreuses, ni indiscrètes
dans la position où se trouvaient
M. et Mme. de Rosemont. Un seul
ami *véritable* restait à cette famille.,
il composait avec madame de Rivière
leur société intime. Félicité écrivit
à cette dame ; mais sa lettre, baignée
de larmes, était presque illisible. Christine y suppléa en conduisant elle-même Fédora chez cette digne amie de ses
maîtres. La marquise approuva tout,
se chargea d'avertir M. de Saint-Félix, l'ami que l'infortune de M. de
Rosemont n'avait point éloigné de
lui, afin de faire remplir les forma-
lités et de concerter ensemble tout
ce qu'il conviendrait de faire.

Félicité se rendit près de son père,

3..

lui dit ce dont on était convenu,
lui fit les lectures que sa mère avait
coutume de lui faire, ensuite écrivit
sous sa dictée, enfin remplit si parfaitement tous les soins, tous les petits détails observés par madame de
Rosemont que cet heureux père arriva à la fin de la journée, content et
satisfait. Félicité ne le quitta que lorsqu'elle l'eut remis, pour le coucher,
aux soins de son valet-de-chambre,
vieux et fidèle serviteur, qui avait
regardé comme une grâce d'être con-
servé près de son maître.

En sortant de la chambre de son
père, Félicité courut auprès du lit
funèbre, s'agenouilla devant les res-
tes de sa respectable mère, et donna
un libre cours aux sentimens qu'elle
avait su contenir (malgré leur vio-

lence) pendant toute cette pénible
journée. Bientôt elle reçut le prix des
efforts qu'elle avait faits pour surmonter sa douleur, en sentant au-dedans
d'elle-même une voix qui semblait
lui dire que sa mère était contente
et la remerciait de la remplacer près
de celui qu'elle avait tant aimé!....
Un sentiment doux en se mêlant à
son affliction, la rendit plus supporta-
ble, et lui inspira le courage de se ré-
signer à la volonté de Dieu, et de
s'en remettre à lui pour son avenir.

Elle passa toute la nuit en prières
dans la chambre de sa mère, avec la
bonne Christine et l'ecclésiastique
qui devait y veiller; ils admirèrent le
courage et la piété de cette enfant.
Vers le matin on exigea qu'elle se
retirât pour prendre un peu de repos;

elle obéit et demanda seulement de baiser, pour la dernière fois, la main qui si souvent l'avait bénie, mais en y posant ses lèvres le froid de la mort passa jusqu'à son cœur, et elle s'évanouit.

On profita de ce moment pour la porter dans sa chambre, et rendre les derniers devoirs à Madame de Rosemont. M. de Saint-Félix, qui s'en était chargé, revint ensuite passer le reste de la journée avec M. de Rosemont, pour alléger la tâche de la triste Félicité; le soir elle se trouva moins consolée parce qu'elle avait moins fait d'efforts sur elle-même; la présence d'un tiers, en soulageant son cœur, avait augmenté sa faiblesse, elle avait moins de courage que la veille; elle le sentit, se le reprocha,

se promit d'être plus ferme le lendemain, et tint parole; son père, en-
chanté d'elle, lui dicta une lettre qui
fut, à-la-fois, pour la pauvre Félicité, un tourment et un bonheur.
Croyant sa femme à la campagne, il
lui écrivait ainsi :

« Depuis long - temps, ma chère
» Adélaïde, je suis sûr, quoique
» tu ne te plaignes jamais, que ta
» santé n'est pas bonne; je te prie
» donc de rester encore quelques
» jours à la campagne. Notre chère
» Félicité est un autre toi-même;
» elle te remplacerait parfaitement,
» s'il était possible que quelqu'un au
» monde me tînt lieu de toi; il est
» vrai que ce n'est point une autre,
» mais une portion de toi-même; c'est
» non-seulement ton sang qui coule

» dans ses veines, mais c'est aussi ton
» âme qui l'anime; en la formant, tu
» l'as modelée sur la tienne: ce sont les
» mêmes sentimens, les mêmes pen-
» sées, les mêmes soins pour moi,
» la même prévoyance; tranquillise-
» toi donc, ma chère amie, je ne suis
» pas entièrement séparé de toi; il
» n'y a pas même jusqu'à sa voix qui
» ne soit une douce illusion; si elle
» ne m'appelait son père, je croirais
» être avec mon Adélaïde.

  » Tu vois, chère amie, que tu peux
» rester sans scrupule auprès de ma-
» dame de Rivière, puisque ton
» Charles, loin de souffrir de ton ab-
» sence, s'en réjouit, dans l'espérance
» que ta santé se rétablira par le bon
» air, etc. »

Pendant que Félicité écrivait cette

lettre, tout ensemble déchirante et
douce pour son cœur, des larmes
silencieuses coulaient lentement sur
ses joues; elle éprouvait un sentiment
de gratitude pour la bonté divine qui
avait béni ses efforts et les avait ren-
dus agréables à son père; elle espérait que sa mère entendait le témoignage que M. de Rosemont lui rendait, et qu'elle en était satisfaite.

Mais ce n'était pas tout encore
que de soigner son père, il fallait
travailler pour fournir à ses besoins;
sans cela le petit trésor amassé par
madame de Rosemont serait bientôt
épuisé; la courageuse Félicité y pensa,
et, à l'exemple de sa mère, elle con-
sacra une partie du temps destiné au
sommeil, à remplir ce devoir chéri;
elle avait acquis de cette femme an-

3...

gélique un talent supérieur pour la broderie et le dessin. Depuis la perte de sa fortune, madame de Rosemont n'avait pas hésité à s'en faire une ressource, et, aidée de sa fille, elle avait fait des ouvrages charmans que la bonne Christine allait porter chez des marchands, qui ne les payaient certainement pas ce qu'ils valaient, mais enfin les achetaient; c'était tout ce que désirait madame de Rosemont.

Félicité se mit donc à l'ouvrage, et eut le bonheur d'achever assez promptement un sultan de la plus grande beauté; il se trouva qu'au moment où Christine vint l'offrir au marchand, il y avait dans sa boutique une jeune personne avec sa gouvernante qui en demandait un;

il n'y en avait pas de prêt; la réponse
de cet homme engagea Christine à
montrer le sien, qui fut admiré avec
raison, acheté, et payé bien au - delà
du prix que le marchand en eût
donné; mais comme il fut chargé de le
faire monter, garnir, parfumer, etc.,
il ne témoigna pas d'humeur. Christine revint enchantée, et Félicité se
remit à un nouvel ouvrage. Le temps
s'écoulait; M. de Rosemont entièrement habitué à sa fille, familiarisé
avec l'idée qu'il pouvait se passer de
sa femme, fut amené peu à peu et
avec des précautions infinies, à la
connaissance de la vérité : en appre-
nant la conduite de Félicité, le courage avec lequel elle avait renfermé,
surmonté sa douleur, pour lui cacher
sa perte et la lui rendre moins sen-

sible, il éprouva pour cette noble enfant une admiration qui augmenta
encore la tendresse qu'il lui portait;
il voulut à son tour la récompenser
de ses soins, en ne se laissant pas
abattre par le regret d'avoir perdu
l'épouse si justement chérie, qui faisait le charme de son existence; il
résista au chagrin qu'il ressentit en
lui opposant toute l'énergie de son
âme, et en se disant, comme Félicité,
que tel devait être le vœu de celle
qui les avait précédés dans le séjour
de l'éternel bonheur. Il ignorait toujours la perte de sa fortune (on lui
avait dit que M. de St.-Félix s'occu-
perait de tous les détails de ses af-
faires); et grâce à l'activité de sa fille,
il conservait toujours toutes les petites jouissances dont il avait l'habi-

tude. Un remise qu'il croyait être sa
voiture, venait le prendre toutes les
fois qu'il voulait se promener; sa
table était servie avec recherche; une
société choisie se rassemblait à jour
fixe pendant quelques heures. Le
reste de la semaine, M. de St.-Félix
et Madame de Rivière secondaient
Félicité dans les distractions qu'elle
inventait pour chasser les pensées tris-
tes; en un mot, dédommagé en quelque sorte de la perte d'une épouse
parfaite, par les tendres soins d'une
fille accomplie, la reconnaissance
qu'il éprouvait de ce don ne lui laissait pas la possibilité de murmurer
pour ce qui lui avait été enlevé. Deux
années se passèrent de la sorte. Félicité avait repris près d'elle sa sœur
Fédora, et lui avait prodigué les soins

de la plus tendre mère; malgré l'activité qu'elle mettait à son travail, et le
temps qu'elle employait près de son
père, elle trouvait encore le moyen
de lui donner des leçons, et comme
elle avait bien profité de l'éducation
qu'elle avait reçue, celle qu'elle
donna à sa sœur fut parfaite; elle
poussa la musique à un grand point
de perfection, qui ne lui fit pourtant
pas négliger les études plus nécessaires. Fédora, avec un bon naturel
et la respectueuse admiration que
lui inspiraient les vertus de sa sœur,
ne pouvait pas être un sujet médiocre,
aussi ne le fut-elle pas. La broderie
et le dessin l'occupaient aussi; et pendant que Félicité lisait à son père,
Fédora, tout en écoutant la lecture,
s'appliquait aux petits ouvrages qui

devaient fournir à leur subsistance.
Dieu qui voit tout et ne laisse pas une
bonne action sans récompense, voulut que ce fût de cette touchante application que ces aimables filles met-
taient à fournir par leur travail aux
besoins de leur père, que sortît leur
bonheur.

La jeune personne qui, deux années avant, avait acheté le premier
ouvrage de Félicité, avait souvent
demandé de petits objets du même
genre; mais comme Christine ne se
faisait pas connaître, et allait tantôt
chez un marchand, tantôt chez un
autre, on n'avait jamais pu la satis-
faire. Il arriva qu'un jour elle ren-
contra Christine dans la rue; elle fit
arrêter, et la désignant à son domestique, elle lui dit de la prier bien

poliment de venir lui parler. Cette
femme, étonnée en reconnaissant
l'ancienne livrée de son maître, sent
battre son cœur, et se laisse conduire
à la voiture. « Vous ne vous souvenez
peut-être pas de m'avoir vue, ma
chère, lui dit la jeune dame; mais
moi je ne crois pas me tromper, c'est
vous qui m'avez vendu, il y a deux
ans, le plus joli sultan du monde chez
Dulac : vous le rappelez-vous ? —
Oui, Mademoiselle; maintenant je
vous remets. — Eh bien, depuis ce
temps, j'ai demandé vingt fois de vos
ouvrages, je n'en ai pas pu avoir, et
personne n'a pu me faire rien d'aussi
joli. Aujourd'hui, puisqu'enfin je vous
ai retrouvée, je voudrais non-seulement que vous me fissiez quelque
chose de très beau à votre goût,

mais je voudrais encore que vous
pussiez me montrer à travailler de
cette manière. — Mademoiselle, je
puis bien vous fournir un ouvrage
aussi beau que vous pourrez le désirer ; mais vous montrer à le faire, cela
ne m'est pas possible. — Eh ! pourquoi donc ? cela ne peut vous faire
aucun tort ; je ne vous en achèterai
pas moins tout ce que vous pourrez
me faire. — Je le crois, Mademoiselle : la fille de M. le marquis de
Saint-Théodore doit être assez généreuse et assez fortunée pour cela. —
D'où me connaissez-vous donc ? —
J'ai reconnu votre livrée, qui est aussi
celle de mon maître. Ne savez-vous
pas, Mademoiselle, que vous avez
un oncle ? — Non, en vérité, je n'en
sais rien. — En ce cas, Mademoiselle,

ce n'est pas à moi à vous en instruire;
permettez que je prenne vos ordres
et continue ma route. — Non, non,
pas ainsi, je vous prie; vous avez ex-
cité ma curiosité, mon intérêt. Madame, ajouta la jeune personne en
se retournant vers sa gouvernante,
permettra que vous montiez ici pour
m'expliquer ce que vous avez voulu
me dire. — Non, Mademoiselle, je
n'en ferai rien : c'est à M. le Marquis
à vous apprendre sur sa famille ce
qu'il lui conviendra que vous en sa-
chiez; moi, je dois me taire. — Eh
bien, je ne vous presse pas davantage
sur ce sujet. Avant ce soir, j'espère
bien avoir la clef de cette énigme;
mais toujours il faut que vous veniez
m'apprendre à faire ces jolis ouvrages où vous réussissez si bien. — Je

vous l'ai dit, Mademoiselle, cela n'est
pas possible. — Pourquoi donc ? —
Puisqu'il faut vous le dire, ce n'est
pas moi qui les fais, ce sont deux
jeunes personnes charmantes. — Tant
mieux, raison de plus pour faire connaissance ; amenez-les moi, ma chère,
je vous en conjure. — Cela ne se peut
pas, Mademoiselle. D'abord elles ne
veulent pas être connues ; je suis la
seule personne qui sache que c'est à
leur travail que leur père doit son
existence ; puis, ce père respectable
est aveugle, et elles ne le quittent jamais. — Mais au moins l'une d'elles...
— Vous avez oublié que je suis seule
dans la confidence de l'emploi de leur
travail, et qu'elles ne veulent pas se
faire connaître. — Mon Dieu, comment donc faire ? je voudrais pour-

tant bien apprendre... et si je pouvais
leur être utile.... J'irai chez elles. —
Sous quel prétexte ? Elles vivent fort
retirées, et ne reçoivent que des amis.
— Eh bien, indiquez-moi quelques-
uns de leurs amis, je pourrai peut-
être m'y faire conduire par eux. —
Cela pourrait bien être ; mais alors il
faudrait qu'ils fussent prévenus que
vous désirez faire connaissance avec
cette famille, et surtout ne pas parler
d'ouvrage. Mais, avant tout, Mademoiselle, il faut l'agrément de vos
parens ; si vous l'obtenez, faites-le
moi savoir chez M. Dulac, j'y serai
à midi : alors je vous donnerai l'a-
dresse d'une amie intime de ces demoiselles ; si elle consent à vous y présenter, vous pouvez être sûre d'être
bien reçue.—Fort bien, j'y consens ;

à demain donc. — Oui, Mademoiselle, à demain, répéta Christine, en
voyant la voiture s'éloigner, et puisse
le ciel, touché des vertus de nos deux
anges, inspirer à votre père des sentimens conformes à mes souhaits! »

En quittant mademoiselle de Saint-
Théodore, Christine alla trouver la
marquise de Rivière, à qui elle conta
ce qui venait d'avoir lieu. « Eh bien,
lui répondit cette dame, après l'avoir
entendue, que prétendez-vous en
menant cette jeune personne chez ses
cousines? Voulez-vous donc fournir
un aliment à la malignité du père et
à la vanité de sa fille? — Non, en
vérité, Madame, ce n'est pas là mon
intention, reprit cette bonne fille sans
se déconcerter ; mais je vois que vous
ne savez pas ce qui regarde le Mar-

quis. Si vous le permettez, je vais vous le dire, car M. de Rosemont ne vous en parlerait jamais; il ne veut ni qu'on rappelle les torts de son frère, ni faire connaître ce qu'il a fait pour lui.

» Vous n'ignorez pas, Madame, que M. le Marquis avait épousé la riche héritière qu'il destinait à son frère; mais ce que vous ne savez pas, c'est qu'elle l'a rendu le plus malheureux des hommes, et l'a ruiné; heureusement qu'elle est morte, sans avoir eu d'enfant, la seconde année de son mariage. A cette époque, M. de Rosemont était riche: sachant que le Marquis était dans le plus grand embarras, il lui envoya une somme assez forte pour l'aider à s'en tirer; mais pour ne pas humilier son

frère, chez qui il s'était présenté plusieurs fois, et qui avait toujours refusé
de le voir, il eut recours à un nom
étranger pour lui faire accepter ce
service. Maintenant, Madame, voici
ce que je voudrais essayer : ce serait
de donner à M. de Rosemont le nom
dont il s'est servi pour secourir son
frère; si le Marquis a quelques sentimens d'honneur et de délicatesse,
il cherchera à savoir, en entendant
ce nom, si c'est la même personne
qui l'a préservé de sa ruine, ou même
quelqu'un de cette famille. Il est fort
riche aujourd'hui, par le second
mariage qu'il a contracté avec une
femme dont on dit beaucoup de bien;
sa fille paraît sensible : si elle l'est en
effet, elle ne pourra voir ses cousines sans admirer leurs vertus, leurs

talons; elle en parlera à ses parens
qui voudront les connaître, et cela
doit amener une réconciliation qui
les rétablirait dans un état plus
convenable. — Vous avez bien raison, dit madame de Rivière; j'igno-
rais tous ces détails, ma chère Christine. — Je m'en suis douté dès que
vous avez paru ne pas saisir l'idée
que j'avais eue en excitant la curiosité de mademoiselle Saint-Théodore.
D'ailleurs, M. et Madame de Rosemont ne se plaiguaient jamais des
mauvais procédés du Marquis; cependant il leur a fait perdre l'héri-
tage du comte de Marcé, en peignant
la vertueuse madame de Rosemont,
sous de fausses couleurs. J'ai su tout
cela parce qu'ils causaient devant
moi avec confiance, bien sûrs que

je n'étais pas capable de répéter ce
qu'ils se disaient. Si je vous en ai
parlé en ce moment, Madame, c'est
parce qu'il était nécessaire que vous
fussiez instruite de tous ces détails,
afin que vous pussiez me guider dans
le dessein que mon attachement pour
mes jeunes maîtresses m'a fait con-
cevoir. Demain nous saurons si M. le
Marquis est toujours aussi mal pour
son frère; car sa fille, d'après ce que
je lui ai dit, va le questionner. S'il
persiste à n'en pas vouloir entendre
parler, il lui défendra de me revoir;
si, au contraire, il lui permet de
m'entretenir de nouveau et d'aller
chez les jeunes personnes qu'elle a
envie de connaître, c'est que son
ressentiment est éteint. — Il est impossible de raisonner plus juste, ma

bonne Christine; mais que dois-je
faire pour contribuer à la réussite de
votre projet? — Madame, si vous le
trouvez bon, je donnerais votre nom
à mademoiselle Saint-Théodore; elle
viendrait vous voir, vous prier de la
conduire chez mesdemoiselles de
Saint - Cernin (c'est le nom dont
M. de Rosemont s'est servi pour obli-
ger son frère); vous auriez la bonté
de la mener chez son oncle, sans la
nommer, comme une jeune personne
de votre connaissance seulement:
Dieu conduira le reste. Quand le
Marquis saura par sa fille qu'un M. de
Saint - Cernin est dans la détresse;
qu'il sera disposé en faveur de ses
nièces, sans les connaître, par l'éloge
que sa fille ne peut manquer de lui
en faire, et qu'il viendra auprès de

ce M. de Saint-Cernin pour s'acquitter envers lui, il est impossible qu'en
trouvant son frère il n'entende pas
la voix de la nature et celle de l'honneur. Quelque chose me dit que ce
n'est pas le hasard qui m'a conduite
ainsi auprès de mademoiselle Saint-
Théodore, et que Dieu veut récompenser les vertus de mademoiselle
Félicité comme elles le méritent.—
Je vous admire, ma chère Christine,
et ne demande pas mieux que d'entrer dans vos vues. Je sens, en ce
moment plus que jamais, combien
madame de Rosemont avait raison
de vous accorder toute son estime et
toute sa confiance, et combien vous
en étiez digne. — Ah ! Madame, je
l'avais vue naître, je l'aimais comme
mon propre enfant; c'était là tous

4..

mes titres auprès de cet ange. Ses
enfans ont hérité de ses vertus, de
son cœur; c'est mon attachement qui
m'a inspiré de tenter ce moyen pour
opérer une réconciliation qui leur
serait avantageuse. — Je désire de
toute mon âme, reprit la Marquise,
que cela réussisse, et je vous avoue
que cela est très probable, et que
je vous envierai d'avoir eu ce bonheur. — Ah ! Madame, vous n'avez
rien à m'envier ; il y a long-temps
que vous m'avez rendue complice de
vos généreuses fraudes, et les services
multipliés que vous avez su dégui-
ser si ingénieusement ne peuvent
vous laisser rien à désirer. — Ne
croyez pas cela. S'il ne s'agissait de
leur bonheur, je ne vous pardonne-
rais point de leur avoir rendu un ser-

vice qui va me priver du plaisir de leur être utile.—Il est vrai, Madame, que je serai bien contente si je réussis, mais vous le serez certainement trop aussi pour m'en vouloir; je connais assez l'attachement que vous portez à M. de Rosemont et ses aimables filles pour rien craindre à ce sujet.— Vous me rendez justice, et j'attendrai avec autant d'impatience que vous-même l'heure que vous avez fixée à la fille du Marquis. Je vous recommande, ma chère Christine, de venir aussitôt que vous aurez vu la jeune Saint-Théodore. — Oui, Madame, à moins qu'elle ne vienne chez vous elle-même.... — Je comprends : dans ce cas, je sais ce qu'il faut faire. » Christine se retira en

priant Dieu intérieurement de bénir
ses desseins.

La jeune Saint-Théodore, en ren-
trant chez ses parens, raconta à sa
mère tout ce qu'avait dit Christine.
La marquise n'y comprit rien, elle
ignorait que son mari eût un frère;
sa pensée se porta seulement sur les
jeunes personnes dont on avait parlé
à sa fille, comme faisant les jolis
ouvrages qu'elle désirait apprendre;
elle craignit qu'elles ne fussent pas
ce qu'on voulait les faire croire; elle
avait pour maxime de se défier du
mystère, mais en même temps elle
était trop véritablement sensible et
bienfaisante pour condamner ce
qu'elle ne connaissait pas. Elle réso-
lut donc de laisser sa fille suivre

l'impulsion de son cœur, mais de
l'accompagner pour la préserver des
inconvéniens qui pourraient se présenter. Alexandrine, au comble du
bonheur par la résolution de sa mère,
l'embrassa mille fois pour l'en remercier; mais cela ne l'empêcha pas, dès
que son père parut, de lui demander
si elle n'avait pas un oncle.... A cette
question, le Marquis un peu décon-
certé, au lieu de répondre, voulut
savoir pourquoi sa fille lui faisait
cette demande : « Le voici, mon
cher papa, reprit Alexandrine, sans
se déconcerter : ce matin je deman-
dais à une femme un ouvrage de
broderie, et je lui dis que je le lui
paierais bien ; elle me répondit
qu'elle en était persuadée; que la
fille du marquis de Saint-Théodore

devait être assez riche pour cela.
Étonnée de m'entendre nommer, je
lui demandai comment elle me connaissait. — Par votre livrée, me ré-
pondit-elle, qui est aussi celle de
mon maître: ne savez-vous pas que
vous avez un oncle ? — Nou , lui ré-
pondis-je. — En ce cas, je dois me
taire: c'est à M. le Marquis à vous
parler de votre famille, et je n'ai pu
obtenir d'elle un mot de plus.... —
C'est une femme prudente, répondit
le Marquis, et vous, ma fille, vous
commettiez une indiscrétion en
voulant savoir ce que j'aurais pu
vouloir vous cacher; cependant je
n'ai point de raison pour nier que
j'aye un frère; il s'est marié contre
mon gré, j'ai cessé de le voir, mais
je n'ai jamais eu d'autres sujets de

mécontentement de lui. j'ignore ce qu'il est devenu. » La conversation en resta là, tant qu'Alexandra fut dans le salon. La Marquise avait remarqué sur la physionomie de son mari une certaine gêne qui lui fit soupçonner qu'il pourrait bien avoir quelque tort envers ce frère dont il ne parlait pas ; dès qu'ils furent seuls elle l'interrogea avec ces ménagemens qu'une femme sensible et délicate sait si bien employer ; elle amena le Marquis à lui avouer que son ressentiment contre son frère s'était augmenté par le malheur qu'il avait eu d'épouser mademoiselle H...., à son refus; que tous les désagrémens de cette union l'avaient tellement aigri contre lui, qu'il n'avait plus voulu le revoir. « Cepen-

4...

dant, ajoûta-t-il, je ne puis disconvenir que mon frère n'ait eu raison
de ne pas vouloir d'une femme qui
aurait fait son tourment comme elle
a fait le mien. C'est moi qui ai eu
tort d'en faire la demande avant de
m'être assuré de ses dispositions. —
Mais alors, mon cher, reprit madame Saint-Théodore, pourquoi ne
pas voir votre frère ? Les liens de famille sont si doux, pourquoi les négliger ? — S'il faut vous l'avouer,
Madame, c'est par l'embarras de
les renouer : mon frère n'a pu ignorer la mauvaise conduite de celle
que je lui avais destinée ; il a dû en
triompher, car dans le temps où
j'étais le plus malheureux il est venu plusieurs fois à l'hôtel, mais ne
voulant pas qu'il jouît de ma peine,

j'ai refusé de le recevoir. Depuis je
me le suis reproché, mais il a cessé
ses visites, et.... je ne pouvais aller le
chercher. — Eh ! pourquoi pas, je
vous prie ? entre frères doit-il y avoir
une telle morgue ?... Il vous eût reçu
avec plaisir ; en vous embrassant,
tout sujet de mécontentement eût
été oublié. — Il se peut, mais je
n'ai pas eu la force de le tenter.
— Eh bien, je m'en charge moi,
j'irai le trouver, je vous l'amènerai,
et nous vivrons en famille ; je me
promets un grand plaisir de cette
réunion ; je n'ai que des parens éloi-
gnés ; je ne vous en connaissais pas
de proches, c'était mon seul regret.
A-t-il des enfans? Sa femme est-elle
d'une bonne famille ? —Je crois que
oui. Quant aux enfans, comme ils

n'avaient pas beaucoup de fortune, ils doivent en avoir une pépinière. — Mauvaise conséquence; mais enfin c'est une raison de plus pour que ce soit à nous de les aller chercher. — Excellente femme! reprit le Marquis; mais où les trouverez-vous? je ne sais ce qu'ils sont devenus; il y a un siècle que je n'en ai entendu parler, ce qui me fait croire qu'ils ne vont plus dans le monde. — N'importe, je m'en informerai. » Ce fut dans ces dispositions que la Marquise accompagna sa fille chez le marchand où elle devait trouver Christine et l'instruire de l'approbation de ses parens pour la visite qu'elle désirait faire à ses cousines inconnues; elles y arrivèrent un moment avant cette bonne

fille, qui en voyant Alexandrine
accompagnée d'une dame qu'elle
jugea être sa mère, parut tout-à-
fait déconcertée, car elle craignit
un refus.

La Marquise n'en augura rien de
bon ; cependant ne voulant pas
précipiter son jugement, elle demande à Christine quelle était la
personne chez qui sa fille devait se
rendre pour faire connaissance avec
ses jeunes amies. « Mes amies!.....
non Madame, ces jeunes personnes
sont infiniment au-dessus de moi, je
suis trop heureuse qu'elles veuillent
bien m'honorer de leur confiance. Si
vous voulez vous donner la peine de
passer chez madame la marquise de
Rivière, elle se fera sans doute
un plaisir de vous conduire chez

M. de Saint-Cernin dont vous désirez
connaître les filles. » Au nom bien
connu de madame de Rivière, la
Marquise ne conserva plus de doutes,
elle se leva en remerciant Christine,
pour conduire sa fille chez cette dame ; mais tout-à-coup elle se rappelle que la personne qui lui parle
doit connaître le frère du Marquis,
et ne voulant pas perdre cette
occasion de s'informer de lui, elle
revient vers Christine en lui disant :
« Hier, Madame, vous avez appris à
ma fille l'existence de son oncle, et
c'est une obligation que nous vous
avons toutes deux. Mon mari aurait le
plus grand plaisir à revoir son frère,
mais nous ignorons son adresse, ne
pourriez-vous pas me l'indiquer. » A
ces mots la bonne Christine pensa s'é-

vanouir !.... sa joie ne s'exprima que
par ses larmes : « Que Dieu vous bé-
nisse, dit-elle enfin, pour le bonheur
que cette nouvelle causera à mon maître; cependant, Madame, dit l'excellente femme en se reprenant, comme
M. de Rosemont est d'une santé faible,
il faut que je le prépare peu à peu afin
que ce plaisir ne lui soit pas funeste ;
je vous demande deux ou trois jours :
au bout de ce temps, j'irai à votre
hôtel, Madame, et vous porterai son
adresse. — Eh bien ! soit : je vous remercie de vos soins pour mon beau-frère,
et vous attends d'ici à trois jours, n'est-
ce pas ? — Oui, Madame, j'aurai cet
honneur. — Maintenant nous allons
chez madame de Rivière, car je par-
tage l'impatience qu'éprouve ma fille
de connaître les demoiselles de Saint-

Cernin. » Madame de Rivière attendait la jeune Saint-Théodore; elle fut
un peu surprise en la voyant accompagnée de sa mère, mais elle se remit
bientôt, après les premiers compli-
mens, en entendant la Marquise lui
demander d'être présentée à M. de
Saint-Cernin. « Présentée, non, répondit madame de Rivière, mon ami
est aveugle et redoute les nouvelles
connaissances. Permettez que je ne
vous nomme pas : les demoiselles
de Saint-Cernin à qui je présenterai
mademoiselle comme une jeune personne avec qui je désire qu'elles puissent se lier, causeront avec vous,
Mesdames; si ces demoiselles se con-
viennent, si ces jeunes personnes vous
inspirent assez d'intérêt pour que
vous souhaitiez les revoir, je vous y

accompagnerai jusqu'à ce que l'habitude ait rendu votre voix assez familière à M. de Saint-Cernin, pour le disposer à ne vous plus considérer comme une nouvelle connaissance; il a trop de vrai mérite pour ne pas sentir le prix de votre société et la désirer. » En achevant ces mots, Madame de Rivière proposa de se rendre tout de suite chez M. de Saint-Cernin. Pendant le chemin elle apprit à madame de Saint-Théodore les événemens qui avaient privé cet homme respectable de l'aisance dans laquelle il était né, et dont ses généreuses filles lui conservaient l'illusion par une industrieuse supercherie!.... en se privant de tout, et travaillant avec une merveilleuse activité, afin d'éviter à leur père la connaissance des pertes

qu'il avait faites. Elle parlait encore
lorsque la voiture s'arrêta. La Marquise et sa fille, le cœur rempli d'admiration pour les intéressantes jeunes
personnes, furent introduites chez
elles. Félicité, assise entre sa sœur
qui était au piano, et son père qui
l'accompagnait sur le violon, travail-
lait à un ouvrage de broderie en
chenille, de la plus grande beauté.
Comme on n'annonçait jamais Mme
de Rivière, ces dames entrèrent doucement et purent entendre jusqu'au
bout le morceau que jouait Fédora
avec légèreté et précision. Lorsqu'il
fut fini, madame de Rivière présenta
tous bas à Félicité la jeune Alexandrine et sa mère, comme des dames
de ses amies qui désiraient faire sa
connaissance et celle de sa sœur.

Félicité rougit en faisant un salut gracieux : « Ne parlons pas de ces dames à votre père, afin de ne le point gêner, ajouta-t-elle. » M. de Rosemont qui avait l'ouïe très fine, reconnut la voix de madame de Rivière, et la querella de venir ainsi l'écouter à son insu ; une conversation aimable s'établit entre lui et cette dame, tandis que Félicité, à l'autre bout du salon, s'entretenait à voix basse avec la Marquise et sa fille ; celle-ci témoigna le désir de voir le bel ouvrage auquel elle était occupée. Félicité apporta le métier, Alexandrine l'admira, exprima l'envie d'acquérir ce charmant talent, et demanda s'il ne serait pas possible à ces demoiselles de lui procurer la personne qui leur avait montré à faire ces délicieux

ouvrages. — Hélas! non, répondit
Félicité avec un soupir!... car ce fut
la meilleure des mères qui nous l'en-
seigna; son adresse et son goût avaient
poussé cet amusement à un point
de perfection rare ; elle nous exerça
à ces petits ouvrages, et c'est en tâ-
chant de l'imiter que je suis par-
venue à faire ce que vous voyez. —
Alors je n'ose plus rien dire!.... Cependant, si je croyais ne vous être
pas importune...j'aurais un si grand
plaisir à apprendre ce genre de travail... serait-ce une trop grande indiscrétion de vous demander, lorsque
madame de Rivière vient vous voir,
de l'accompagner, et pendant qu'elle
cause avec Monsieur votre père, que
vous ayez la bonté de me permettre
de vous regarder travailler? — Non-

seulement, Mesdames, je vous verrai
toujours avec plaisir, puisque madame de Rivière vous est attachée,
répondit Félicité, mais si vous le désirez je vous montrerai ce que je sais
eu broderie ; je serai trop heureuse
de donner à la Marquise, dans la
personne de ses amies, cette légère
preuve de dévouement. » Alexandrine et sa mère remercièrent Félicité, qui captiva entièrement leur
estime par l'esprit, la solidité, la
douceur qu'elle montra dans la conversation, et par la simplicité de son
ton et de ses manières qui annonçaient
la supériorité de son jugement et la
noblesse de son âme.

Fédora, son élève, contribua aussi
par son silence modeste et l'expression de tendresse et de considéra-

tion qu'elle avait pour sa sœur, à donner de toutes deux la plus favorable
opinion. Enfin lorsque madame de
Rivière se leva, madame Saint-Théodore et sa fille ne quittèrent ces deux
aimables enfans qu'avec regret et en
se promettant bien de les revoir souvent.

Aussitôt qu'elles furent hors de la
maison, elles remercièrent vivement
madame de Rivière du plaisir que sa
complaisance venait de leur procurer; elles parlèrent avec éloge des
talens et de la piété filiale de ces
jeunes personnes, de leur instruction,
et surtout de leur modestie, à-la-fois
simple, noble et gracieuse.

La marquise et sa fille retournè-
rent chez elles, mais ce sujet de conversation ne tarit point; toute la

journée il ne fut question que des
demoiselles de Saint-Cernin. Dès que
ce nom eût été prononcé devant le
marquis, il devint attentif à ce qui se
disait, et en fut frappé; il demanda
des détails; on lui répondit par les
plus touchantes explications, qui le
menèrent à penser que tant de vertus
ne devaient exister que dans la famille de celui qui était venu à son
secours d'une manière si délicate
et si secrète, qu'il n'avait jamais
pu réussir à découvrir son bienfaiteur.

Rempli de cette idée, le marquis
ne voulut pas différer de l'éclaircir;
il se serait reproché de laisser un
moment de plus, dans une position
pénible, celui à qui, peut-être, il avait
les plus grandes obligations; il se fait

indiquer la demeure du prétendu
St.-Germin, part comme un trait,
arrive, sonne à la première porte,
elle lui est ouverte par Christine qui
le reconnaît, et le conduit chez son
maître sans dire un seul mot; il
entre, se précipite vers celui qu'il
soupçonne être son bienfaiteur en
s'écriant : « Je vous trouve donc enfin !...» A cette voix qu'il reconnaît,
et qui n'a pas cessé de lui être chère,
M. de Rosemont ouvre les bras, son
frère s'y jette, le regarde, et malgré
l'infirmité qui le prive de cette expression de physionomie qui le dis-
tinguait, il ne peut le méconnaître.
Eh ! quoi! c'est vous, lui dit le marquis !!! — Oui, oui, ajouta-t-il en se
reprenant et le serrant contre son
cœur. C'est toi qui as dû prendre un

détour pour me sauver de mon désespoir, sans révolter mon orgueil, j'aurais dû le deviner depuis long-temps,
et c'est seulement en te revoyant que
cette pensée s'offre à moi. — Mon
frère, mon ami, ne parlons plus de
cela : es-tu heureux ? — Oui, je le
suis, mais toi? — Moi j'ai eu le malheur de perdre un ange ; mais le ciel
compâtissant m'en a rendu deux : où
êtes-vous, mes chères enfans, que je
vous présente à votre oncle. — Nous
voici, mon père, répondit Félicité en
s'approchant avec sa sœur.--Qu'elles
sont jolies, s'écria le marquis en les
embrassant ; combien mon Alexandrine et sa mère seront heureuses !!!
mais je veux les surprendre à mon
tour !... — Je suis père aussi, mon
cher Charles, ajouta St.-Théodore en

s'adressant à son frère, un nouvel
hymen a fait mon bonheur, j'ai une
excellente femme et une fille digne
des tiennes; il me tarde de te les
amener. — Quand tu voudras... Je
ne pourrai plus jouir du plaisir d'admirer leurs traits, mais je devinerai
leur âme, mais j'entendrai leurs
douces voix; puisqu'elles te rendent
heureux, je les aimerai, et ce sera
toujours un bonheur pour moi; mes
filles aussi seront enchantées d'avoir
une parente, une amie de leur âge:
sans cesse occupées de moi, ces
chères petites ne connaissent aucun
des plaisirs de leur âge; elles restent
constamment à mes côtés; quelquefois la pensée de ce qu'il leur en coûte
pour me distraire, empoisonne le plaisir que leurs soins, leurs attentions

me font ressentir. — Ah! mon père,
s'écria Félicité en saisissant la main
de M. de Rosemont pour la baiser,
nous ne regrettons rien, notre seul
bonheur est d'être près de vous,
de réussir à vous amuser, et quand
vous êtes content tous nos dé-
sirs sont remplis. — J'ai une grâce
à vous demander, mon cher frère, interrompit le marquis; mon hôtel est
grand, venez l'habiter avec nous;
vos enfans, sans vous quitter, joui-
ront des agrémens de la société sous
les yeux d'une seconde mère, car je
vous réponds que la marquise se fera
un plaisir de ne mettre aucune différence entre sa fille et les vôtres. —
Mon ami, répondit M. de Rosemont,
je vous remercie; vous êtes riche
sans doute, vous n'avez qu'une fille

5..

qui le sera aussi ; mes enfans pourraient prendre chez vous le goût
d'un luxe qui leur ferait regarder la
médiocrité de leur fortune comme
un malheur ; jusqu'ici elles n'ont
rien regretté, parce qu'elles n'ont
rien vu de mieux que ce qu'elles pos-
sèdent. — Que dites-vous, mon cher
Charles !... je n'ai rien qui ne vous
appartienne réellement ; sans le généreux secours que vous m'avez fait
parvenir, j'avais tout perdu : mes pro-
priétés saisies allaient être vendues à
vil prix pour payer des dettes usu-
raires que Mademoiselle A. avait con-
tractées à mon insu ; ce n'est qu'avec
l'argent que vous m'avez donné que
j'ai pu arrêter les poursuites, rache-
ter les créances à moitié de ce qu'on
les avait fait monter, et par ce moyen
conserver mes biens. Ne parlez donc

plus de différence de fortune, car
ce que j'ai est véritablement à vous;
mais, ajouta le marquis en s'inter-
rompant, ce n'est point à moi à obtenir votre consentement, je ne le
mérite pas, c'est à ma femme, à ma
fille, qu'il appartient de vous persuader, et je vole les chercher.» Pendant
ce temps la bonne Christine, dont
cette réunion était en grande partie
l'ouvrage , avait envoyé avertir
Madame de Rivière; elle arriva. M. de
Rosemont lui raconta tout ce qui venait de se passer : je suis bien résolu,
ajouta-t-il en finissant, à refuser la
proposition de mon frère. Ma fortune n'est pas considérable, mais depuis seize ans elle a suffi à nos besoins, et tant que ma chère Adélaïde
a vécu, nul homme sur la terre n'a

été plus heureux que moi ; pourquói
risquerais-je la tranquillité de mes
enfans ?—Mon ami, lui répondit Madame de Rivière, vos filles touchent
à l'âge où elles ne peuvent que gagner à avoir près d'elles des personnes de leur sexe d'un mérite reconnu, et la marquise est de ce
nombre; c'est une femme recomman-
dable sous tous les rapports, et aussi
distinguée par son esprit que par ses
sentimens: au lieu d'avoir rien à craindre de votre séjour à l'hôtel du marquis, vos filles ne peuvent y trouver
que de grands avantages. Acceptez
donc sans difficulté une chose que
votre frère désire, et qui est très convenable. Madame de Rivière achevait
à peine ces mots, que le marquis revint suivi de sa femme et de sa fille.

Eù les reconnaissant pour les dames
qui étaient venues le matin, Félicité
et sa sœur firent un cri de surprise.
La marquise, qui ne s'était pas attendue à retrouver ses nièces dans
les demoiselles d e St. Cernin, fit une
exclamation de joie, et les serra contre son cœur avec une expression
de bonheur dont Félicité fut profondément touchée.

. Monsieur de Rosemont, ébranlé
par les observations de madame de
Rivière, céda aux instances de sa
belle-sœur et consentit à aller de-
meurer à l'hôtel du marquis, mais
on lui laissa toujours ignorer la perte
de sa fortune, pour ménager sa délicatesse, qui eût peut-être souffert
d'avoir des obligations à son frère;
il fut donc encore pendant quelque

temps privé de connaître toute l'é-
tendue des sentimens délicats et vertueux que ses filles, dans un âge
aussi tendre, avaient déployés pendant quatre années, sans se démentir
un seul instant : d'ailleurs on voulait
aussi lui épargner la peine que l'in-
quiétude de l'avenir de ses filles lui
eût causé.

Félicité et Fédora trouvèrent dans
la marquise une amie tendre et éclai-
rée, dont les prévenances et les soins
leur rendirent toutes les jouissances
dont elles avaient perdu l'habitude.
Alexandrine fut pour elles une troi-
sième sœur, qu'elles aimèrent autant
qu'elles en étaient aimées ; mais Félicité trouvait encore une autre récompense de ses vertus dans l'estime
qu'on lui portait pour l'angélique

courage avec lequel elle avait suppléé
à la perte de sa mère, supporté toutes
les peines, pourvu à tous les besoins,
dans un âge où l'on est à peine sorti
de l'enfance. L'admiration qu'elle
inspirait était un hommage rendu à
l'amour filial, mais elle devenait une
espèce de culte dès qu'on l'avait vue;
ses grâces modestes, l'expression cé-
leste que ses belles actions et l'exercice habituel des vertus, répandent
toujours sur la physionomie des personnes qui les pratiquent du fond du
cœur, la rendaient si intéressante et
si belle, que toutes les mères la sou-
haitaient pour épouse à leurs fils, tous
les pères eussent acheté pour leurs
filles des qualités aussi rares, au prix
même de l'infirmité qui avait dérobé
à M. de Rosemont la connaissance

5...

d'une partie de ses perfections. La
vertu a tant de charmes qu'elle sé-
duit ceux qui la contemplent, et
qu'aucun n'eût balancé à renoncer à
la clarté des cieux, pour savoir sa
fille douée de cette piété filiale qui
avait fait un ange de mademoiselle
de Rosemont.

Dieu voulut que cette histoire touchante vînt à la connaissance du
monarque, afin que la récompense
éclatante qui fut le prix des douces
et sublimes vertus de l'aimable Félicité, fût un motif d'encouragement
à les acquérir.

Le roi, aussi généreux que sensible et bienfaisant, éprouva le plaisir
le plus vrai que le pouvoir et la gran-
deur puissent donner, celui de réparer les injustices de la fortune et de

récompenser dignement la vertu.
S. M. daigna écrire de sa main à mademoiselle de Rosemont, en lui en-
voyant le contrat d'acquisition d'une
terre magnifique située à quelques
lieues de Paris, en attendant, lui disait-elle, que l'hôtel de son père (que
le feu avait consumé et qu'elle avait
donné l'ordre de faire reconstruire)
fût prêt à les recevoir; les expressions
les plus flatteuses accompagnaient
ce don royal. S. M. daignait l'engager
à venir à la cour pour y faire admirer la vertu, disait-elle, sous la forme
la plus aimable, et l'assurait, pour
elle et pour les siens, de sa constante
protection.

Ce ne fut qu'après la réception de
ce témoignage des augustes bontés
de son souverain, que M. de Rose-

mont apprit la perte entière de son ancienne fortune, les efforts géné- reux de sa vertueuse épouse et de sa fille encore enfant, pour lui cacher sa détresse et l'empêcher de s'en res- sentir.

Ce fut en voyant couler des yeux de son père les douces larmes du bonheur et de la reconnaissance, que Félicité goûta le bien suprême, et la voix chérie de l'auteur de ses jours appelant sur sa tête les bénédictions célestes, remplirent son âme d'un sentiment délicieux, ineffable, et qu'aucune langue ne saurait expri- mer.

Ce sentiment pur et délicieux que lui causait la certitude d'avoir rempli tous ses devoirs envers son père, d'a- voir suivi ponctuellement les derniers

vœux de sa mère, embellit toute sa
vie, en charma tous les instans. Objet de vénération, d'estime, d'attachement, elle fut aimée de tout ce
qui la connut, elle jouit pendant une
longue vie du plus parfait bonheur.

Le moyen de mériter la même récompense est d'acquérir les mêmes
vertus ; les bénédictions paternelles
ne reposent point en vain sur le front
des enfans vertueux : Dieu les ratifie
toujours, et comble de biens ceux qui
ont su les mériter par leur tendresse
filiale.

CHARLES DE TOURVILLE,

OU

LA PARESSE.

———◆———

CHARLES était l'aîné d'une famille riche et considérée. Son père, magistrat intègre, aussi bon époux que père tendre et éclairé, chérissait ses enfans et surveillait leur éducation avec sagesse. Son fils aîné, aussi bien partagé que ses frères du côté de l'entendement et des dispositions naturelles, avait de moins qu'eux l'amour du travail; et quoi-

qu'il eût le même désir de contenter ses parens et d'apprendre, il n'y
pouvait parvenir, parce que sa paresse, plus forte, l'emportait sur ses
bonnes résolutions. Il se mettait à
ses devoirs, déterminé, à ce qu'il
lui semblait, à bien s'appliquer;
mais à peine avait-il lu quelques li-
gnes qu'il s'engourdissait graduelle-
ment, son esprit restait dans l'inac-
tion, et ses yeux seuls parcourant
son livre, ne laissaient dans sa tête
aucune idée; de manière que ses
frères, ses camarades, tous savaient
leurs leçons, les avaient récitées,
avaient fait leurs compositions, que
lui n'avait pas encore retenu le
premier mot de ce qu'il devait apprendre. Quand le chagrin d'avoir
mécontenté son père avait fait une

forte impression sur lui, il se surveillait avec courage pendant un
jour ou deux, et acquérait la preuve
de ce qu'on lui disait souvent, qu'il
dépendait de lui seul de faire aussi
bien et autant que les autres. Mais
son énergie s'éteignait avec le souvenir de la peine qu'il avait éprou-
vée, et il retombait dans son apathie
habituelle. Depuis le commence-
ment des beaux jours, M. de Tourville avait promis à ses fils que celui
qui travaillerait le mieux jusqu'aux
vacances, aurait pour cette époque
un joli petit cheval en propriété,
qu'il pourrait prendre des leçons
d'équitation, et se servir de son
cheval pour se promener. Avoir une
jolie bête, et pouvoir aller à la
promenade sans se donner la peine

de marcher : quel bonheur pour un
paresseux !.. C'était une chose bien
tentante sans doute; mais pour l'obtenir il fallait travailler pendant
six mois : c'était trop pour Charles...
Cependant le désir de n'être pas
accablé de reproches, de ne pas
chagriner ses parens, l'engagea à
faire un effort, lors des compositions pour les prix. La première moitié de son travail fut très bonne, la
seconde pitoyable; car il s'était de
nouveau laissé aller à la paresse
d'esprit causée par l'engourdissement du corps. Il eut donc la honte
d'entendre ses professeurs déclarer
hautement que M. Charles de Tourville aurait pu remporter le prix,
s'il s'était donné la peine d'achever
son travail comme il l'avait com-

mencé, mais que la fin étant telle
qu'eût pu faire le plus mauvais
écolier, on se voyait contraint à
regret de lui assigner la dernière
place. Son second frère, plus jeune
que lui de quatre années, remporta
successivement la palme dans plusieurs exercices, et obtint le petit
cheval. Sa tendresse pour Charles
aurait bien voulu lui donner le
plaisir de le monter ; mais M. de
Tourville le défendit formellement,
et ses volontés étaient des lois que
ses enfans n'eussent pas cherché à
enfreindre, quand même ils eussent
été sûrs que leur père l'ignorerait
toujours. Charles soupirait donc
chaque fois qu'il voyait amener le
bel animal, non-seulement de regret
de ne l'avoir pas mérité, mais encore

par le souvenir de la honte publique
qu'il avait ressentie en entendant la
déclaration de ses professeurs. Ce
sentiment pénible se retraçait chaque
jour avec tant de force, qu'il se
croyait corrigé de sa paresse; cependant ses mauvaises habitudes étaient
tellement enracinées, qu'elles lui causèrent de nouveau une peine si vive
qu'il ne put y résister. La fête de
M. de Tourville était à la fin de septembre, et on avait coutume de la
célébrer avec pompe : la tendresse
de sa famille, le respect et la considération qu'inspiraient ses vertus,
se montraient avec un empressement
vrai et animé qui rendait ces sentimens aussi touchans que flatteurs.
M. de Tourville n'y était point insen-

sible, et cette époque était toujours
un moment de bouheur.

Les enfans avaient travaillé chacun de leur côté pour offrir à leur
père un hommage de leurs talens.
Aline, sa fille, âgée de dix ans, avait
fait un bouquet de fleurs artificielles
dont la beauté était parfaite. Gustave, son second fils, avait dessiné
d'après nature un paysage charmant, et que son père affectionnait
beaucoup, parce que c'était l'endroit
où madame de Tourville était née;
il avait fait de plus des couplets fort
jolis qui devaient être chantés par
sa sœur à la fin d'un petit dialogue
que Charles s'était chargé de composer, et qui devait être joué par les
enfans et les neveux de M. de Tour-

ville. Hermine, sa seconde fille,
avait brodé un tapis de pied. L'un
des neveux avait tourné une taba-
tière, dont le travail était fini et
orné avec perfection.

L'autre avait gravé sur un vase de
très beau cristal, d'un côté le profil
de madame de Tourville, entouré de
fleurs, et à l'opposé, le chiffre des
deux époux.

Toutes ces offrandes devaient être
amenées avec esprit, par le dialogue
que Charles, comme l'aîné de la famille, avait été prié de composer;
car M. de Tourville ne permettait
pas que quelqu'un aidât ses enfans
dans ces circonstances : il les laissait libres d'inventer et de faire tout
ce qu'ils voulaient, mais il exigeait
que ce qu'ils projetaient fût exécuté

par eux, et qu'ils ne se parassent
pas d'un mérite qui ne leur apparٍ
tiendrait pas.

Depuis long - temps les frères,
sœurs et cousins de Charles s'appliٍ
quaient à ce qu'ils avaient entrepris,
et le pressaient de s'occuper de ce
qu'il avait promis. Il les assurait
qu'il allait le faire, mais chaque
jour il avait une raison excellente
pour remettre au lendemain : il était
fatigué de la promenade de la veille
et n'était pas disposé; le jour suivant
c'était quelque autre raison tout aussi
mauvaise. Enfin voyant le terme
approcher, il se mit à travailler, et
commença passablement, mais il
était trop tard : les enfans devaient
apprendre par cœur ce qu'il aurait
dû avoir fait depuis long-temps, de

manière qu'en voulant se dépêcher,
il s'embarrassa, ses idées se brouil-
lèrent, le dépit s'en mêla, le mal
de tête vint ajouter à sa détresse, et il
lui fut impossible d'achever. Sa mère,
persuadée que le moment d'angoisse
qui s'approchait, pouvait enfin guérir son fils de son abominable paresse,
ne permit pas que Gustave vînt à
son secours; on le laissa à lui-même,
maudissant sa faiblesse, ses len-
teurs, ses remises, et désespérant de
réussir : en effet, ce fut en vain qu'il
se tourmenta ; la maligne petite Hermine venait tous les quarts d'heure
lui demander son rôle : « Tu sais, lui
disait-elle, que j'apprends difficile-
ment; si je ne l'ai pas aujourd'hui,
c'est inutile, jamais je ne le saurai. »
Charles se frappait la tête, et voyant

qu'il ne pouvait rien trouver de convenable, il courut chez ses cousins,
il avoua sa faute, et les engagea à sup-
pléer à l'impossibilité où sa paresse
l'avait réduit, ne voulant pas au
moins faire manquer la fête que l'on
voulait donner à son père, par sa
coupable négligence.

Heureusement Auguste, l'aîné des
neveux de M. de Tourville, connais-
sant son cousin, et prévoyant l'issue
des délais qu'il avait apportés à se
mettre au travail de la petite pièce
projetée, en avait préparé une que
l'on apprenait déjà depuis huit jours;
il le dit à Charles, qui se désola de
nouveau, tout en remerciant son
cousin de lui avoir épargné le chagrin
d'avoir causé à ses frères et sœurs
une peine aussi sensible que l'eût été

celle de rendre inutiles tous les préparatifs qu'ils avaient faits pour fêter
leur père. Il revint chez lui, débar-
rassé de cette crainte qui le poursui-
vait, mais non pas consolé de laisser
exprimer par un autre les sentimens
dont il lui appartenait d'être l'inter-
prète auprès d'un père justement
chéri. Pénétré d'un vif regret, Charles voulut du moins essayer de le
peindre dans un apologue ingénieux,
où, sans pallier sa faute, l'expression
de son repentir pourrait toucher son
père, en lui prouvant qu'il avait du
moins tâché de la réparer autant qu'il
était en son pouvoir : vain désir ! son
imagination tourmentée par les reproches que lui faisait son cœur, lui
fournissait bien une foule d'idées,
mais il ne pouvait les arranger. Peu

II. 6

habitué à un travail suivi, il se fati-
guait sans parvenir à rien; cet enfant,
rempli d'esprit et de dispositions,
avait rendu tous ces dons nuls en ne
les cultivant pas; il avait voulu des-
siner, mais il n'avait pas mieux réussi;
il rougissait de présenter quelque
chose d'inférieur à tout ce qui serait
offert, et il déchira, dans son désespoir, ce qu'il avait commencé. Enfin
ce jour désiré de tous, redouté du seul
Charles, arrive; il est salué par des
cris de joie; dès le matin tous les enfans se rassemblent, apportent leurs
ouvrages, répètent leurs rôles, ar-
rangent le salon, le décorent d'une
manière analogue à ce qu'ils ont préparé, cueillent des fleurs pour orner
les cadres, pour entourer les chiffres
qu'ils ont formés de tous côtés; ils

courent sans faire le moindre bruit,
parlent bas, s'entendent à demi-mots;
la joie et le bonheur remplissent leurs
cœurs et brillent dans leurs regards :
Charles seul ne prend part à rien; il
s'enferme dans sa chambre, et le chagrin qui le dévore lui ôte le peu de
courage que le désir de donner une
preuve de son repentir lui avait inspiré; il pleure, son papier est mouillé
de ses larmes, c'est tout ce qu'il peut
faire... Regrets impuissans, remords
tardifs, vous déchirez son cœur sans
lui fournir aucun moyen de réparer
ce que sa paresse lui a fait perdre...
Oubliant les angoisses que doit en-
durer son frère, la douce Aline, déjà
toute parée et rayonnante de plaisir,
vient chercher Charles pour entrer
chez leur père; elle le trouve en dé-

6..

sordre, les yeux rouges et gonflés,
n'ayant encore rien de fait, pas même
sa toilette; Aline, interdite en le
voyant dans cet état, sent toute sa
joie s'évanouir; elle ne s'occupe plus
que de consoler son frère; elle cher-
che à atténuer sa faute, à lui persuader que son père l'excusera en
voyant ses regrets. « Ah! je connais toute sa bonté, interrompit le
malheureux Charles, je ne crains pas
ses reproches, mais le chagrin que
je vais lui causer. Je verrai la satis-
faction que vous allez lui donner,
empoisonnée par moi; je verrai dis-
paraître sa joie comme j'ai vu la vô-
tre s'éclipser tout-à-l'heure : moi qui
devais faire son bonheur, je le dé-
truirai!... Non, ma chère Aline, je
ne puis supporter cette idée, elle

brise mon âme. Pourquoi ne vous
ai-je pas écoutés? vous m'aviez averti;
ma paresse l'a emporté sur vos avis,
sur mon désir de contenter mon
père!... Ah! qu'elle m'emporte donc
tout-à-fait, qu'elle me délivre d'une
existence qui fait le malheur de tous
ceux que j'aime. — Que dites-vous,
mon frère, interrompit Aline? y
pensez-vous, vous aggravez votre
faute, ou plutôt, en vous livrant à ce
découragement, vous ne faites que
céder à la lâcheté qui engourdit vos
sens aussi bien que votre âme; com-
battez ce désespoir qui n'est qu'une
nouvelle offense envers notre père;
habillez-vous, supportez la peine
que votre négligence vous a attirée,
supportez-la avec résignation, mais
aussi qu'elle vous serve à éviter à

l'avenir d'en éprouver une semblable. Venez, mon cher Charles, ne
cherchez point à vous soustraire aux
regards de notre père; venez implo-
rer son indulgence, et soyez sûr du
pardon. — Je voudrais en être moins
sûr, ma chère Aline; je voudrais
qu'il m'accablât de reproches, qu'il
me bannît de sa présence, qu'il me
punît plus encore s'il était possible,
et qu'il ne s'affligeât pas comme il
va le faire. En recevant vos dons et
vos hommages, il ne distinguera pas
d'abord que je n'y suis pour rien;
son front épanoui, son regard satisfait, exprimeront le bonheur: il exa-
minera, il voudra connaître le travail
de chacun pour le louer... et c'est
alors que la tristesse obscurcira cette
belle physionomie!... c'est alors, ma

chère Aline, que je voudrais ne pas
rencontrer ce regard douloureux qui
pénètre jusqu'au fond de mon âme.
Ah! pour cette fois je sens là, ajouta
le malheureux Charles en portant la
main sur son cœur, je sens quelque
chose que je ne puis supporter, c'est
une angoisse au-dessus de mes forces.
— Mon ami, tu ne peux l'éviter. —
Ah! je le sais, je l'éprouverais de
même loin de ses yeux ; mon imagination ne m'épargnerait rien ; je sen-
tirais son regard au centre de la
terre si j'y étais enfermé ; mais allez, ma sœur, allez, je vous suis,
dans un moment je serai à vous. »
Vainement Aline essaya de calmer
son frère. Charles était très sensible ;
sa paresse seule l'empêchait d'être un
sujet distingué ; il aimait son père de

toute son âme, il sentait fortement,
mais il manquait d'énergie pour
dompter un défaut qui s'était enraciné par l'habitude d'y céder. N'ayant
pas été assez combattu dans la première enfance, il était devenu plus
fort que sa raison, que sa volonté,
que son amour pour ce père qu'il
chérissait ; mais sa paresse ne pouvant
toutefois diminuer ce sentiment
inaltérable dans tout enfant bien né,
il faisait son supplice en le livrant
continuellement au regret d'avoir of-
fensé ce père bien aimé. Assailli par
ces réflexions, Charles suivit d'un
air triste ses frères et sa famille chez
son père ; celui-ci en le voyant entrer, lut aisément dans sa contenance
abattue qu'il n'aurait pas beaucoup
à le féliciter ; cependant ne voulant

pas augmenter la peine dont il paraissait accablé, il reçut son bouquet,
l'embrassa avec tendresse, et ne parut pas faire attention à sa confusion.
La journée se passa dans le mouvement des préparatifs à achever pour le
soir, la réception des convives, les
confidences, les toilettes, etc., etc.
Enfin, à l'issue du dîner, M. de Tourville, conduit par sa femme, envi-
ronné d'une société d'amis et de
connaissances, passa dans le salon
où la fête était préparée; dès qu'il
fut assis sous le dais de fleurs où son
fauteuil avait été placé, une musique
agréable se fit entendre, et des couplets charmans annoncèrent le sujet
qui rassemblait la famille; un dialogue animé, rempli de sentiment,
d'esprit et de grâce, amena tout natu-

6...

rellement l'offrande des petits ouvrages que chacun avait perfectionnés
de son mieux ; c'était le moment que
l'infortuné Charles avait prévu, qu'il
redoutait au-delà de l'expression.
Les regards de M. de Tourville, en-
chantés par l'ensemble de cette petite
fête, par la manière dont les sentimens de sa famille étaient exprimés,
se promenaient d'une chose à l'autre
avec bonheur ; il lève la tête pour regarder ses enfans groupés autour de
lui ; la figure décomposée de Charles
le frappe ; il reporte les yeux avec in-
quiétude sur les objets qui sont devant lui ; le nom est sur chacun d'eux,
celui de Charles ne s'y trouve pas!...
M. de Tourville baisse la vue sans
regarder son fils, pour ne pas accroî-
tre sa peine ; mais Charles l'a suivi

de l'œil; il a compris l'intention de
son père; un gémissement étouffé
s'échappe de son sein; il tombe ina-
nimé aux pieds de M. de Tourville:
on s'empresse de le secourir; on le
porte à l'air; on emploie tous les
moyens pour le rappeler à la vie,
mais ils sont inutiles : frappé d'un
coup de sang, le malheureux Charles
a expiré, victime de sa paresse et de
ses regrets; le jour de fête est changé
en un jour de deuil; chacun se parle,
s'étonne, ne sait à quoi attribuer un
si funeste accident.

Le médecin appelé déclare que
tout est fini. Son père l'appelle, lui
parle, lui adresse les choses les plus
tendres, les plus consolantes. Charles
n'entend plus rien !... il n'est plus :

cette âme profondément sensible,
mais sans énergie, n'avait pas eu
plus de force pour surmonter la douleur que lui avait causé l'idée d'affli-
ger son père, qu'elle n'en avait eu
pour surmonter la paresse. En cé-
dant lâchement aux mauvaises incli-
nations, l'âme s'énerve, et devient
incapable de résister au choc des sen-
sations agréables ou pénibles qui
partagent la vie; celles-ci avaient
été trop fortes pour le malheureux
Charles. Depuis plusieurs jours poursuivi par la certitude d'avoir trompé
les espérances de son père, son sang
avait fermenté, et lorsque le moment que sa conscience et son imagination lui avaient peint avec tant
de vérité, arriva, la secousse fut si

violente qu'il se porta avec force à
la tête et l'étouffa.

Sa famille désolée, le pleura sin-
cèrement, parce que son cœur était
bon; mais bientôt M. de Tourville,
faisant taire la tendresse qui causait
ses larmes, leur prouva que Dieu
avait eu pitié de Charles en lui ôtant
la vie : « Il n'aurait vécu que pour souffrir, leur dit-il ; car l'homme le plus
malheureux est celui qui, constamment placé entre le désir de bien faire
et le penchant qui l'entraîne au mal,
n'a pas assez de courage pour y résister et vaincre ses mauvaises in-
clinations. Sa vie, partagée entre les
fautes et le repentir, est un supplice
continuel, qu'augmente encore la
sensibilité de son âme : telle eût été

la destinée de Charles; peut-être moi-
même me suis-je égaré dans la marche que j'ai suivie, mais je ne me la
reproche pas, parce que ce n'est pas
par faiblesse que je l'ai prise, mais
par erreur. En voyant dans mon malheureux fils le germe d'une grande
sensibilité, j'ai cru que ce sentiment
suffirait pour vaincre la paresse qui
s'annonça chez lui dès son enfance ;
j'ai voulu attendre que le temps et
la raison, en développant cette pré-
cieuse qualité, lui inspirassent le courage de aincre ce défaut : j'ai eu
tort, l'habitude avait jeté de trop
profondes racines, il eût fallu une
force d'âme peu commune pour y
réussir. Tandis que, dans sa première
enfance, si j'avais usé d'autorité et

de punitions proportionnées à son
âge, j'aurais secondé sa petite intelligence, qui lui eût fait faire des efforts pour éviter les corrections. En
usant trop tôt et trop souvent de sa
sensibilité, je l'ai exaltée ; et par
cela même privée de la faculté de se
soutenir dans ce degré d'élévation; le
découragement se trouvait à côté,
et le malheureux Charles n'avait pas
plutôt fait un effort pour secouer
l'engourdissement de sa paresse,
qu'il retombait, épuisé, dans l'apathie
dont il avait voulu sortir. Profitez
donc, mes enfans, de la leçon terrible que doit vous donner le cruel
malheur qui vient de me frapper.
Souvenez-vous qu'on ne saurait combattre ses défauts trop tôt ; que c'est

surtout dans le jeune âge qu'on le
peut plus efficacement, et qu'il ne
faut jamais s'en remettre au temps,
qui ne fait que les fortifier par la puis-
sance incalculable de l'habitude. »

ANGÉLIQUE ET SOPHIE,

OU

NÉGLIGENCE ET ACTIVITÉ.

MADAME de Puymorin avait deux filles dont l'éducation l'occupait uniquement; elle les aimait toutes deux également, mais toutes deux ne répondaient pas également à ses soins, et l'une avait besoin d'être grondée beaucoup plus souvent que l'autre, ce qui faisait croire à ceux qui ne connaissaient pas son équité, qu'elle avait de la préférence pour la gen-

tille Sophie. Celle-ci, douée d'une
activité inconcevable, était sans cesse
occupée, elle faisait ses devoirs avec
application sans perdre une minute,
jouait avec le même empressement
qu'elle avait mis à prendre ses leçons, et ensuite retournait au travail avec autant de gaîté qu'elle en
avait eu à le quitter. Angélique
était douce, appliquée, mais négli-
gente à l'excès, ce qui lui faisait
perdre un temps infini ; jamais elle
ne savait où étaient ses livres parce
qu'elle négligeait de les serrer lorsqu'elle cessait de s'en servir ; son
papier, ses plumes n'étaient jamais
remis en place ; il fallait toujours
chercher avant que de pouvoir se
mettre à la besogne ; son dé, ses
aiguilles, ses ouvrages avaient le

même sort : de manière que sa sœur
avait déjà fait la moitié de son travail
avant qu'Angélique fût prête à com-
mencer le sien. Chaque jour elle
était réprimandée pour les mêmes
négligences, chaque jour elle retombait dans les mêmes fautes. Sophie,
plus jeune qu'Angélique, d'une année, la surpassait en force comme
en adresse et en talent, car l'activité qu'elle mettait à tout, déve-
loppait ses facultés physiques et
morales; tandis que la mollesse d'Angélique nuisait à son accroissement
corporel, et laissait son esprit sans
énergie; il était fin, délicat, mais
peu étendu, parce qu'elle négligeait
de le nourrir par des réflexions;
elle faisait bien ce qu'on lui pres-
crivait, mais n'allait jamais au-delà;

d'ailleurs elle n'en avait réellement
pas le temps, étant toujours obligée
de se presser pour faire ses devoirs,
parce qu'elle perdait la moitié des
heures destinées à l'étude, en cher-
chant sans cesse ce qui lui était nécessaire. Sa mère, femme d'un grand
mérite, essayait tous les moyens possibles pour la corriger ; rien ne réus-
sissait ; cependant les mortifications,
les raisonnemens, les prières, les
punitions ne lui étaient pas épar-
gnés, et Angélique était sensible !...
elle aimait sa mère , était désolée
de la chagriner par ses fautes con-
tinuelles ; mais le naturel l'emportait sur ses bonnes résolutions, l'habitude avait fortifié ce défaut, beaucoup plus essentiel qu'on ne croit,
surtout dans une jeune personne des-

tinée à être maîtresse de maison,
c'est-à-dire la dépositaire des inté-
rêts de sa famille, l'exemple de ses
enfans, de ses domestiques, de tout
ce qui l'entoure, le régulateur de
son intérieur; enfin madame de Puymorin en sentait toute la conséquence, et n'en désirait que plus vivement
d'arracher sa fille à ce penchant
funeste. Angélique était pieuse et
bienfaisante, la comtesse imagina
de donner à ses filles une pension
proportionnée à sa fortune et à leurs
besoins, et de les charger de pourvoir à leur entretien et à leurs fantaisies avec cette somme; elle était
suffisante pour leur donner la faci-
lité de faire des aumônes, en met-
tant de l'ordre et de l'économie dans
leurs dépenses. Mais comme sans

ces deux qualités il n'existe pas de
fortune suffisante, madame de Puymorin s'attendait bien qu'Angélique,
non-seulement ne trouverait pas la
possibilité de donner, mais n'aurait
même pas assez pour ses besoins;
elle prévint ses filles sur cet incon-
vénient, en leur déclarant que celle
qui n'aurait pas d'argent pour acheter ce qui lui serait nécessaire jusqu'à la fin du mois, se passerait de
ce qui pourrait lui manquer, attendu que sa fortune ne lui permettait
pas de dépasser cette somme, dont
la moitié avait toujours suffi à leur
entretien, et qu'elle n'avait doublée
que dans l'intention de leur procurer la jouissance de faire quelques
bonnes actions. Angélique et Sophie
remercièrent leur mère, et lui pro-

mirent d'observer ses avis, et de lui
demander conseil avant de faire les
dépenses un peu importantes. « Ah!
mes amies, leur répondit la Comtesse, ce ne sont jamais les dépenses
importantes qui sont préjudiciables,
ce sont les petits détails qui sont
ruineux, parce qu'ils reviennent sans
cesse, et ce sont ceux-là qu'il faut
surveiller attentivement. — Bien
obligé, chère maman, répondirent
les deux jeunes personnes, nous y
ferons bien attention. » La chose
était plus facile à promettre qu'à
exécuter, surtout pour Angélique,
qui ne soignait rien; les crayons, le
papier, les plumes, l'encre, les canifs,
les livres, les cartes de géographie, les
modèles de dessin, tout ce dont elle
se servait enfin s'abîmait, se dé-

chirait, se perdait, il fallait remplacer, et ces articles devenaient fort coûteux. Venaient ensuite ceux des petits ouvrages et ceux de la toilette, les gants, les épingles, les mouchoirs, les sacs, les petits bijoux, c'était à l'infini. La première semaine enleva à Angélique la moitié de l'argent de son mois, sans qu'elle eût rien dépensé en fantaisie ni en objets essentiels. Sophie, au contraire, avait acheté mille babioles qui l'avaient enchantée, et n'avait cependant pas dépensé autant que sa sœur, mais c'était toujours trop, puisque ces objets étaient inutiles ; bientôt elle regretta l'argent qu'elle y avait employé, car elle eut besoin de différentes choses pour ses études et pour son entretien. Il venait de paraître de charmantes va-

riations pour le piano, elle voulut
les acheter, il ne lui restait plus que
la somme nécessaire pour cette em-
plette, elle la fit, et resta sans un
denier. Angélique, à la fin de la
seconde semaine, n'avait plus d'argent, et n'avait rien dépensé ni pour
ses plaisirs, ni pour ses besoins.

A ce moment, la fête de leur tante
arriva, et madame de Puymorin demanda à ses filles ce qu'elles comp-
taient offrir à sa sœur. «Il me sem-
ble, leur dit-elle, que vous pourriez
lui faire, l'une une bourse, l'autre
un joli sac à ouvrage : il y a encore
huit jours d'ici à celui de sa fête. —
Oui, oui, maman. Ah! vous avez
bien raison! Que vous êtes bonne de
nous y avoir fait penser, répondirent
ensemble Angélique et Sophie. Nous

allons nous mettre à l'ouvrage tout
de suite. — Vous ferez très bien, mes
enfans; je vous engage à ne pas différer, afin de n'être pas trop pressées
par le temps. Si vous voulez, après
vos leçons, nous irons ensemble choi-
sir ce qu'il vous faut pour ces petits
ouvrages : cela ne vous coûtera pas
bien cher; une douzaine de francs
peut-être, pour les soies, l'or et les
fermetures. » A ces mots, les deux
sœurs se regardèrent et semblèrent
compter réciproquement l'une sur
l'autre pour faire ces emplettes; elles
remercièrent leur mère d'un air
moins satisfait qu'elles ne l'avaient eu
d'abord, ensuite elles allèrent à leurs
études. Dès qu'elles furent seules,
Angélique demanda à Sophie si elle
avait encore de l'argent. « Mon Dieu,

non, pas un sou; tu sais que j'ai fait
la sottise d'acheter des flacons, des
tasses de porcelaine, une boîte à ouvrage, un petit métier à frange, des
soies...... Ah ! mes soies me serviront
pour faire ma bourse. Bon, je n'aurai rien à acheter.—Et la fermeture
donc ? — Eh bien, la fermeture... je
m'en passerai..... j'y mettrai une
ganse. — Ce ne sera pas joli. — Non,
sans doute, mais je n'ai plus d'argent :
à moins que tu ne veuilles m'en faire
cadeau, car maman a défendu que
nous nous prêtions. — Fort bien,
bonne manière pour ne pas désobéir;
mais il n'est pas en mon pouvoir de
te rendre ce service, car je voulais te
demander de m'acheter ce qu'il me
faudrait pour ce sac. » A ces mots,
Sophie éclata de rire. « Nous voilà

bien avancées, il faut en convenir.
Comment sortir de cet embarras?
dit-elle. — Et tu ris encore! reprit
Angélique. — Pleurer ne réparerait
pas nos folies : il faut y trouver un
remède d'abord, et puis, le mois
prochain, éviter de nous retrouver
ainsi. Écoute : j'ai acheté une robe
de gros de Naples violet pour une
robe de tous les jours, afin que cela
ne soit pas si salissant, car je me
ruine en blanchissage. Je vais t'en
donner ce qu'il faut pour ton sac, tu
le broderas en chenille blanche et en
petites perles; ce sera fort joli, je
t'assure. — Tu crois? — Oui, j'en
suis sûre; tu verras. — Ah! quelle
bonne chose!... Mais que dire à maman? — La vérité, ma chère Angélique; et si je ne me trompe, nous ne

lui apprendrons rien : à présent, je
me rappelle que son air de bonté
avait une teinte d'ironie. D'ailleurs,
sois certaine que maman sait tout ce
que nous faisons; elle nous aime trop
pour ne pas surveiller toutes nos actions? — Comment, tu penses que
maman interroge nos femmes ? —
Interroge, non; mais qu'elle se fait
rendre compte de tout : cela doit être,
car nous ne devons avoir rien de caché pour elle. — Oui, cela pourrait
bien être; cependant maman nous a
dit que nous serions libres de disposer de notre pension. — Oui; aussi
ne nous a-t-elle fait aucun reproche,
notre embarras sera notre seule pu-
nition. — Mais, c'est déjà beaucoup,
car je ne sais pas comment je ferai.
Lise m'a dit ce matin que je n'avais

plus de gants. — Je t'en prêterai. —
Non, maman l'a défendu. — Eh bien,
je t'en donnerai. — Alors, ce ne sera
qu'une paire, car je ne veux pas te
mettre dans l'embarras aussi. — Bon,
bon, ne t'inquiète pas : travaillons
seulement ; que maman soit contente
de nous, et nous arrangerons ensuite
le reste. » Sophie se mit au piano,
Angélique à sa géographie, et successivement elles prirent toutes leurs
leçons. A deux heures, elles passèrent dans l'appartement de leur mère
qui les attendait pour sortir : c'était
le moment pénible, car il fallait
avouer que l'on avait dépensé toute
sa pension. Elles entrèrent d'un air
embarrassé ; et madame de Puymorin, voulant augmenter la confusion
de cet instant, afin qu'il leur laissât

un souvenir qui pût les préserver de
retomber dans la même faute, leur
proposa de partir tout de suite. «Maman, répondit Sophie, nous irons
volontiers avec vous, mais.... — Mais
quoi?—Maman, c'est que.... — Eh!
bien, c'est que.. Achevez donc, ma
chère, je ne comprends pas ces demi-
mots, cet air embarrassé : qu'y a-t-il?
qu'avez-vous? — Maman, c'est que
nous ne savons comment vous dire
que nous n'avons plus d'argent. —
Vous n'avez plus d'argent !... et nous
ne sommes qu'au vingt ! comment
irez-vous donc jusqu'à la fin du mois?
Vous avez peut-être acheté tout ce
qu'il vous faut. — A-peu-près, maman, répondit Sophie; malgré cela,
si je n'avais pas fait des emplettes
inutiles, j'en aurais encore aujour-
d'hui; mais cela ne m'arrivera plus,

je vous le promets. —Je le désire,
mais je ne puis pas vous donner ce
qui vous manque, je vous en ai pré-
venu. —Ma chère maman, nous ne
le demandons pas.... — Mais seulement que vous ayez la bonté de nous
excuser, reprit doucement Angélique. — Quoi! et vous aussi, ma
chère, interrompit madame de Puymorin? vous n'avez cependant pas
acheté de babioles, vous? —Non,
maman, mais je n'en suis pas plus
avancée pour cela. — Qu'avez-vous
donc fait de votre argent? quelqu'au-
mône peut-être? — Non, maman;
j'ai laissé tomber l'encrier sur le
grand atlas de Le Sage(1); six cartes
ont été perdues entièrement; il a fallu
les faire remettre, car il appartenait

_____

(1) Chez M. Teste, éditeur, rue Montorgueil, n°. 108.

à ma cousine. J'ai oublié de mettre
dans le verrier la belle tête de Vierge
de Raphaël que mon maître m'avait
donné à copier, et elle a été déchi-
rée par Mustapha; la vilaine bête a
planté ses griffes au milieu : j'ai dû
faire acheter cette gravure; elle a
coûté fort cher. Enfin, que sais-je ?
sans avoir rien dépensé pour moi per-
sonnellement, tout mon argent s'en
est allé.—Sans doute, mon enfant, et
votre négligence vous jouera continuellement de ces mauvais tours, si
vous ne vous en corrigez pas. Vous
ne parlez pas du La Fontaine et du
volume de Racine que vous avez per-
dus ou déchirés, et que vous auriez
dû également remplacer. — Cela est
vrai, maman. — Faites-y donc attention, car vous vous ruinerez, et vous

7···

manquerez des choses les plus in-
dispensables. Comment ferez-vous
quand vous serez mal chaussée, mal
habillée, avec des taches, des trous
ou des pièces à vos robes?... Sophie
a mis en fantaisies ce qu'elle eût pu
mieux employer : elle s'est privée du
plaisir de donner un joli ouvrage à sa
tante, mais elle a fait des acquisi-
tions utiles, et vous n'avez fait que
réparer le dégât que votre négligence
avait causé. Je vous le répète, si
vous n'y prenez garde, vous serez
toujours dans l'embarras.—Maman,
j'y ferai attention à l'avenir.—Bien,
mais en attendant comment ferez-
vous pour la fête de votre tante? —
Sophie répéta à sa mère ce qu'elle
avait imaginé. Madame de Puymorin l'approuva ; les deux sœurs se

mirent à l'ouvrage avec un égal empressement ; mais le défaut d'Angélique la poursuivit encore en cela : elle
avait brodé un côté de son sac avec
beaucoup de goût ; il était vraiment
joli ; le second côté s'avançait lorsque
le malheur voulut que cette négli-
gente enfant laissât son métier au
milieu du salon sans être ni couvert,
ni rangé, et qu'un domestique vînt
apporter du feu le soir (c'était en
automne) à cet instant où il ne fait
plus clair dans les appartemens lorsque dehors on y voit encore, ce qui
ôte à ceux qui entrent la faculté de
distinguer les objets ; ce domestique
n'apercevant donc pas le métier ,
fut se heurter dedans ; la secousse
fit tomber le tison sur l'ouvrage qui
se trouva roussi, gâté et entièrement

perdu. Comment exprimer le dépit
d'Angélique !... Elle ne s'en prit cependant qu'à son peu de soin; comme elle était bonne, elle ne fit retomber sur personne, ni la faute
qu'elle avait commise, ni le chagrin
qu'elle en ressentait; elle se gronda
elle-même, et fut obligée de se contenter d'offrir à sa tante un assez
joli dessin, mais sans être encadré,
absolument comme une petite fille,
son rouleau à la main. Sa tante qui
avait le mot, lui dit tout en riant
qu'elle s'était attendue à quelque
chose de plus complet. « A présent
que vous avez des pensions, Mesdemoiselles, ajouta cette dame, c'est
à vous de vous priver de quelques
fantaisies pour faire de jolis cadeaux
à ceux que vous aimez. — Oui, ma

tante, répondit Sophie, c'est bien
notre intention pour l'avenir, mais
cette fois nous n'avons pas été pré-
voyantes, excusez-nous, et soyez
assez bonne pour nous tenir compte
de nos regrets. — Il faut bien s'en
contenter, reprit madame de Savi-
gny, mais souvenez-vous que cette
excuse ne peut être reçue qu'une
seule fois. » Angélique qui se sentait
plus coupable que sa sœur, la laissait
toujours parler, et se contentait
d'approuver ce qu'elle disait. Sa
tante le remarqua, et la plaisanta
de manière à la tourmenter un peu ;
enfin ce moment désagréable passa
comme tout passe dans ce monde,
mais il fit impression sur les deux
sœurs, et elles se promirent de
s'éviter de pareils reproches. Le reste

du mois s'écoula dans des privations
qui entretinrent leurs bonnes résolutions; mais le premier du mois en
ramenant l'abondance, fit paraître
aussi des besoins sans nombre. Sophie
allait peut-être céder au désir d'avoir
de nouvelles bagatelles, s'il ne s'é-
tait présenté une occasion de faire
un acte de bienfaisance en soulageant une pauvre mère de famille
qui sollicita de madame de Puymorin la faveur de faire tenir son enfant sur les fonds de baptême par
mademoiselle Sophie. La Comtesse
permit que sa fille répondit elle-
même à cette demande, à condition
que si Sophie consentait à prendre
cet engagement sacré, elle le rem-
plirait dans toute son étendue, c'est-
à-dire, que la mère étant dans un

état de pauvreté bien voisin de la
misère, Sophie aiderait sa mère à
l'élever, à pourvoir à ses besoins,
veillerait à ce qu'il fût instruit de
sa religion, en reçût les premières
idées dès le berceau, enfin qu'elle serait pour lui une protectrice ou plutôt une seconde mère. Sophie, dont
le cœur était aussi sensible que généreux, souscrivit avec transport à
ces conditions, et fut marraine de
l'enfant de la mère Philippe, rem-
pailleuse de chaises, qui recevait
depuis plusieurs années quelques
secours de madame de Puymorin,
lorsque le manque d'ouvrage ou la
rigueur de l'hiver rendaient ses
besoins plus multipliés. Angélique
aurait bien voulu avoir été choisie
pour cette bonne œuvre, et sa mère

parut même étonnée qu'étant l'aînée,
on ne l'eût pas demandée plutôt que
Sophie; on rechercha quelle pouvait être la cause de cette préférence, et l'on découvrit que Sophie,
étant soigneuse, avait toujours quelque chose à donner; tantôt c'était
une robe un peu passée, mais bonne
encore; tantôt des joujoux dont elle
s'était beaucoup amusée, mais qui
n'étant ni cassés, ni tachés, pouvaient
encore être remis à neuf, et vendus
par cette pauvre femme, qui en
tirait encore quelqu'argent; au lieu
qu'Angélique, dont les robes étaient
sales et déchirées, les joujoux traî-
nant comme tous ses autres effets,
n'avait jamais rien dont on pût tirer
le moindre parti, et n'avait pas pu
faire connaître ni son bon cœur, ni

sa générosité : c'était encore un in-
convénient de sa négligence. Sa mère
le lui fit sentir, en l'engageant à se ménager, par plus d'ordre et de soins,
les moyens de se rendre utile aussi à
quelque famille indigente. Angélique le désirait vivement ; sa sensibilité aussi bien que son amour-
propre souffraient de s'être vu pré-
férer sa sœur cadette ; elle travailla
donc sur elle-même pour parvenir
à se corriger, car madame de Puymorin était inexorable : tout ce que
ses filles perdaient, déchiraient, gâ-
taient par négligence, était rempla-
cé à leurs frais à l'instant même.
Angélique, malgré le soin qu'elle
prit de s'observer, paya encore,
pendant le courant du second mois,
pour les trois quarts du montant

de sa pension, en objets détruits par
sa négligence, de plus, toutes ses
robes étaient tachées, elle n'en avait
plus une seule qu'elle pût mettre
pour sortir; ses chapeaux étaient
brisés, déformés, fanés, tout en
elle annonçait le désordre et la négligence, et il ne lui restait plus
d'argent pour remonter sa toilette,
Dans cet instant de pénurie, madame de Puymorin annonça à ses
filles qu'elle irait au château de madame de St.-Albon, passer les huit
derniers jours du carnaval, et qu'elle
les emmènerait pour les reposer de
leurs études. Cette dame avait quatre filles, toutes plus aimables l'une
que l'autre, et à-peu-près de leur
âge; on devait danser, s'amuser,
Cette partie était charmante; mais

comment faire pour aller là , sans
robes , sans gants , sans chapeau ,
avec un schall taché ?...

Sophie voulut venir au secours de
sa sœur, mais Angélique qui crai-
gnait de désobéir à sa mère en ac-
ceptant les généreuses privations que
celle-ci s'imposait pour elle, refusa
ses offres , et préféra avouer à madame de Puymorin qu'elle ne pouvait avoir le plaisir d'aller avec elle
chez madame de Saint-Albon; la
Comtesse reçut cet aveu avec une
vive peine; celle qu'Angélique éprouvait ne la rassurait pas, car elle en
avait déjà eu tant de fois qu'elle commençait à désespérer de la corriger.
Cependant il y avait eu un peu plus
d'attention dans le courant du mois.
Le cœur d'une mère se flatte si aisé-

ment que madame de Puymorin se laissa persuader que la privation d'une partie de plaisir aussi attrayante ferait assez d'impression sur Angélique pour amener un changement plus sensible encore. La Comtesse se décida donc à partir comme elle l'avait annoncé, en laissant Angélique avec une femme de confiance; mais Sophie pria en grâce sa mère de la laisser avec sa sœur, ne pouvant supporter l'idée de s'amuser tandis que sa meilleure amie serait dans le chagrin. Madame de Puymorin, quoique charmée du bon cœur de Sophie, eut de la peine à accorder cette demande, et déclara positivement que si une circonstance pareille se représentait, elle ne consentirait à aucun adoucissement en faveur d'Angélique. Pendant l'absence de leur mère, les deux sœurs se représentaient tous les discours dont elles étaient l'objet, les plaisirs dont leurs amies jouissaient. « Ce qui me peine le plus, disait Angélique, est de savoir que c'est pour moi, ma chère Sophie, que tu t'es privée de cette charmante partie; je t'assure que j'aurais moins souffert si tu y avais été. — Cela peut-être, répondit Sophie; mais moi je n'aurais eu aucun plaisir en te sachant ici toute seule livrée à tes regrets; non, ma chère amie, Dieu en nous donnant l'une à l'autre, a voulu que nous partageassions entre nous tout ce qui compose la vie : peines et plaisirs, biens et maux, tout doit être commun. N'en parlons donc plus : si tu ne veux pas

que j'éprouve de privations, corrige-
toi, car lors même que je suivrais
maman, si elle l'ordonnait, mon
cœur resterait avec toi, et je n'en
serais que plus malheureuse.» Angélique embrassa sa sœur et lui promit
de faire tous ses efforts pour vaincre
sa négligence ; elle s'y appliqua en
effet, et pendant quelques jours il y
eut peu de reproches à lui faire; mais
cela ne se soutint pas : à mesure que le
carême s'avançait Angélique perdait
le souvenir de la privation du carnaval, et la négligence reprenait tout
son ascendant. C'était en vain qu'on
espérait la vaincre par des motifs de
sensibilité ou de crainte; quoique
puissans sur son âme, ils n'avaient
point assez de force pour extirper
ce défaut enraciné par l'habitude et

le temps; un sentiment surnaturel
pouvait seul opérer ce changement,
c'était à la religion qu'il appartenait
de le produire. Angélique, comme je
l'ai dit, n'avait jamais assez d'argent
pour ses besoins, ses négligences lui
en emportant la plus grande partie.
Il arriva qu'un jour, comme elle re-
venait avec sa mère et sa sœur de
chez sa tante, une jeune femme, portant un enfant, tomba presque sous
les roues de leur voiture et s'évanouit.
La comtesse fit arrêter, donna son
flacon, s'informa si la femme ou
l'enfant n'étaient pas blessés, et de ce
qui avait pu causer cet accident. On
rapporta que c'était sûrement la faim,
la femme paraissant extrêmement
faible. « Bon Dieu, disent aussitôt les
deux sœurs, est-il donc possible qu'il

y ait des gens assez misérables pour
ne pas avoir de quoi manger!..Tenez,
ajouta Sophie en présentant au domestique une pièce de monnaie, allez lui
acheter quelque chose qui puisse la
ranimer. » Il y alla, et la jeune femme
revint à la vie pour quelques instans.
Mme. de Puymorin lui fit donner son
nom et son adresse avec un louis, en
lui faisant dire de venir la voir aussitôt qu'elle aurait assez de force pour
marcher. La pauvre malheureuse,
épuisée par la douleur, voulut se traî-
ner jusqu'à la voiture pour remercier la Comtesse; on l'aida à s'en approcher, elle éleva ses mains suppliantes vers elle, en lui disant : « Je
ne serai pas en état de profiter de
vos bienfaits, mais daignez avoir pitié de mon pauvre enfant, il n'a plus

de père, et bientôt..... » Elle ne put
achever, elle pâlit de nouveau. Angélique saisit l'enfant qui allait échap-
per des mains défaillantes de sa malheureuse mère, et comme si l'âme
de cette infortunée n'avait attendu,
pour quitter sa dépouille mortelle,
que de voir l'objet de sa sollicitude
recueilli par la charité, elle s'envola
dans le sein de l'Eternel, laissant
Angélique dépositaire de ce petit être
qui n'avait plus personne sur la terre
qui s'intéressât à lui. Les assistans,
émus de pitié, ne savaient que faire
de celle que la mort venait de frapper. La Comtesse dit à Angélique
de remettre l'enfant au domestique,
qu'elle chargea d'aller chez le commissaire de police du quartier faire
la déclaration de ce qui s'était passé ;

mais Angélique, qui entendait encore
les accens de cette mère mourante,
et qui avait pris son enfant de ses
mains, supplia si instamment sa mère
de lui permettre de s'en charger,
qu'elle n'eut pas la force de s'y refuser.
« Mais, observa la Comtesse, comment
feriez-vous pour payer les mois de
nourrice de cet enfant, vous qui n'a-
vez jamais assez pour vos propres
besoins? — J'aurai assez, je vous le
promets, je suis corrigée; Dieu me
fera la grâce de surmonter ma négligence, et puisque Sophie a suffi-
samment de quoi payer ceux de sa
filleule, j'aurai aussi pour acquitter
ceux de mon enfant d'adoption. —
Angélique, reprit sa mère d'un ton
solennel, le promettez-vous, non
pas à moi, mais à Dieu qui vous voit,

vous entend, et va vous rendre res-
ponsable de l'avenir de cet enfant?
Voyez, réfléchissez, il en est temps
encore; ne prenez pas d'engagement
téméraire; rendez cet enfant au domestique qui le déposera chez le
commissaire, d'où il sera envoyé
aux Enfans-Trouvés : là, il sera
élevé, durement peut-être, mais
dans des principes religieux; il y
passera son enfance, y apprendra un
état avec lequel il pourra gagner sa
vie honnêtement; il saura lire, écrire,
compter, aura de la religion et de la
probité. Songez qu'en vous chargeant
de cet enfant, il faut qu'il reçoive
tout cela de vous; et si par votre négligence il arrivait que cet enfant
manquât de principes ou de moyens
d'existence, qu'il devînt la proie du

vice enfin, ce serait sur vous que pe-
serait la responsabilité, ce serait à
vous que Dieu demanderait compte
de son âme. — Eh bien! maman, répondit Angélique avec tout le feu de
la charité chrétienne, je m'en charge;
Dieu qui voit le fond de mon cœur
ne m'abandonnera pas, il me soutien-
dra, bénira mes efforts; je me corri-
gerai, et mon enfant ne manquera de
rien. — Je le souhaite, et ne m'op-
pose plus à vos vœux : puisse la divine Providence veiller sur vous et sur
le dépôt qui va vous être confié; car
c'est devant le magistrat, ma fille,
que vous allez prendre cet engagement redoutable devant Dieu, im-
posant aux yeux des hommes. —
J'attends tout de la bonté de Dieu, et
j'espère remplir les devoirs dont vous

me permettez de me charger. — Cela
suffit, répondit la Comtesse: chez le
commissaire de police de ce quartier,
dit-elle au domestique qui attendait
ses ordres. » La voiture partit, et lorsque l'on vit que ces dames gardaient
l'enfant, des acclamations de bénédictions retentirent de toutes parts.
Angélique et Sophie sentaient des larmes couler sur leurs joues brûlantes
de la rougeur du plaisir. Madame de
Puymorin était aussi fortement émue.
Ce coup lui semblait décisif. Si le désir
de remplir ses devoirs envers ce petit
infortuné, l'idée d'être coupable aux
yeux de Dieu et des hommes, n'étaient
pas suffisans pour corriger Angélique, il n'y avait plus de ressource.
Si au contraire ces motifs étaient ca-
pables de lui faire combattre sa né-

8...

gligence, combien elle bénirait cet
instant qui aurait mis entre ses mains
les moyens de faire une bonne action, et de guérir sa fille d'un défaut
aussi pernicieux que la négligence !.

On arriva chez le commissaire sans
qu'aucune des trois personnes qui
étaient dans la voiture eût dit un seul
mot, tant les âmes étaient profondément touchées ; on descendit, Angélique tenant fièrement son enfant
dans ses bras. Le domestique avait
eu l'esprit de faire monter avec lui,
derrière la voiture, deux des hommes
qui étaient présens à l'événement qui
venait d'avoir lieu, afin qu'ils pussent, en cas de besoin, servir de té-
moins. Madame de Puymorin fit sa
déposition du fait, et autorisa sa fille
à se charger de l'enfant. Angélique,

au comble de ses vœux, signa cet engagement, que son cœur ratifiait en
éprouvant un sentiment de bonheur
inexprimable ; elle embrassa sa mère
avec tendresse et lui renouvela toutes
les promesses qu'elle lui avait déjà
faites. Ne sachant pas le nom de cet
enfant, on l'appela Fortunée, à cause
du bonheur qu'elle avait eu d'être
déposée par sa mère expirante dans
les mains d'Angélique. Fort heureusement encore pour la petite Fortunée,
on était aux premiers jours du mois,
ce qui donna à sa mère adoptive les
moyens de lui acheter une layette,
de se procurer une nourrice, et de
payer le mois d'avance. Angélique
n'eut pas un instant de repos que tout
cela ne fût fait ; elle consulta sa mère,
qui l'aida dans tous ces détails avec

infiniment de plaisir et de complaisance. Angélique travailla à différens
petits objets nécessaires à l'enfant
avec un soin et une activité qu'on ne
lui avait jamais vus, ce qui fit augu-
rer favorablement de l'avenir.

En effet, Angélique, pénétrée de
l'importance des devoirs qu'elle s'é-
tait imposés, s'observa avec soin, s'appliqua à vaincre cette négligence qui
lui était si préjudiciable, s'adressa à
Dieu, le pria ardemment de la soutenir, et ses généreux efforts furent
couronnés du succès. Elle ne gâta
plus ses livres en les jetant à droite
et à gauche, tantôt sur de l'encre,
tantôt sur des couleurs ou de l'eau;
elle serra ses dessins, ses cartes, ses
ouvrages; elle ne tacha plus ses robes, parce qu'elle voulait les faire

servir à habiller sa fille; en un mot,
elle devint peu à peu aussi soigneuse,
aussi attentive qu'elle avait été né-
gligente. L'ordre et l'économie prirent la place du désordre et de la pro-
digalité; elle fut bien plus riche depuis qu'elle prit soin de tout ce dont
elle se servait, et elle ne manqua plus
de rien; cependant une pauvre petite
créature lui devait l'existence que la
mort de sa mère lui eût sans doute
ravie, sans la rencontre inespérée de
la généreuse Angélique, qui eut le
plaisir de voir croître cet enfant d'une
manière satisfaisante. Une fois que
ses filles eurent acquis l'habitude de
l'ordre et de l'économie, Madame de
Puymorin voulut contribuer à leurs
bonnes actions, elle augmenta leurs
pensions en faveur de leurs enfans :

c'étaient aussi deux petites filles qui
annonçaient devoir être jolies comme
des anges, écueil de plus pour celles
qui, comme ces infortunées, se trou-
vent sans parens, sans fortune, sans
guide et sans appui ! Heureusement celles-ci avaient de véritables
protectrices qui ne laissèrent pas
leurs tâches imparfaites. Ces deux
enfans furent élevés, non pas comme des demoiselles, mais d'une manière convenable à leur état ; on leur
fit apprendre à faire des robes et
à raccommoder la dentelle. Elles
avaient été élevées dans les principes
de la religion et de l'honneur ; elles
avaient autant de probité que de talent et d'amour du travail. Leurs protectrices les établirent sous la sur-
veillance de la mère Philippe, mère

de la filleule de Sophie. Ces deux jeunes filles durent leur bonheur à Mesdemoiselles de Puymorin ; mais Mesdemoiselles de Puymorin durent à ces enfans d'être corrigées d'un défaut qui eût empoisonné leur vie, et peut-être causé leur ruine ou leur malheur.

Cette histoire doit prouver qu'avec des efforts soutenus et le secours de la religion, on peut venir à bout de vaincre ses défauts et d'acquérir toutes les vertus.

FIN DU SECOND VOLUME.

TABLE

DES MATIÈRES DU SECOND VOLUME.

FIN DE LA TABLE.